I0784599

El último mejor lugar
~ SECUENCIAS NUEVAS ~

Patricia Sutherland

Otros libros de Patricia Sutherland

Princesa - (Serie Moteros # 1)

Harley R. (Serie Moteros # 2)

Harley R. Entre-Historias (Serie Moteros # 2.1)

Lola (Serie Moteros # 3)

Volveré a ti (Serie Sintonías # 0)

Bombón (Serie Sintonías # 1)

Primer amor (Serie Sintonías # 2)

Amigos del alma (Serie Sintonías # 3)

Simplemente perfecto (Serie Sintonías # 3.1)

El último mejor lugar

Me encanta sorprender a mis lectoras, hacerlas partícipes de la vida de mis personajes más allá del final de mis novelas, darles la oportunidad de tener un poquito más de esas historias de amor que tanto les han gustado.

Para *El último mejor lugar* he preparado tres relatos que recogen tres momentos importantes de la pareja. Te recomiendo que no los leas antes de haber disfrutado de la novela y cuando lo hayas hecho, entenderás por qué se llaman así. Dichos relatos son:

Secuencia nueva, 1:
"El día que Troy se enteró de por qué Patty sabía tanto sobre su pasado personal y profesional".

Secuencia nueva, 2:
"El día que Patty le dijo a Troy "te quiero".

Secuencia nueva, 3:
"El día que el anillo pasó del cordón al dedo de Patty".

¡Gracias por leerme!

Patricia Sutherland

Secuencia nueva, 1

"El día que Troy se enteró de por qué Patty sabía tanto sobre su pasado personal y profesional".

Sábado, 5 de enero de 2013.
En un área de descanso de la carretera.
Montana

Patty llevaba mal despedirse de los Brady. Nunca había llegado a acostumbrarse a ello, a pesar de que en sus años de universidad había tenido suficiente ocasión de practicar. Además de lo mucho que significaban, vivir entre ellos era como habitar una dimensión diferente, con sus propios valores, sus propios mecanismos de equilibrio, su propio ritmo gobernado por el paso de las estaciones, las risas y el tiempo compartido en familia. Era un ritmo tranquilo pero constante, que se te colaba en el alma antes de que te dieras cuenta, y se instalaba allí para recordarte cuáles eran las cosas verdaderamente importantes de la vida. Dejarlos era lo más duro que Patty había hecho en su vida, y Troy, consciente de que la razón de esa decisión había sido él, se sentía doblemente comprometido a hacer que el trago fuera lo menos amargo posible.

La pareja había puesto rumbo a Montana en año nuevo y, aprovechando los días extras que a Patty le habían dado en el trabajo, hacían el largo camino devuelta con más tranquilidad, disfrutando del cambiante paisaje y deteniéndose en algunos puntos de interés que habían programado. Los dos primeros días, el ánimo de Patty había estado bastante bajo. Luego, había ido repuntando despacio: los espacios de silencio de la joven se acortaban, llamaba a los suyos menos veces por día, y sus malas pulgas empezaron a hacer acto de presencia, algo que para Troy era incluso más valioso que sus sonrisas porque a estas podía fingirlas (para que él dejara de hacer el payaso); el mal genio, característica más notoria de su personalidad, era auténtico. A ese no lo fingía.

Ahora, a poco menos de una hora de llegar a casa, Patty miraba por la ventanilla algo ausente. Eran las cinco, pero ya estaba oscuro, y desde que habían pasado la frontera estatal, llovía intermitentemente.

Troy la miró de reojo por enésima vez. Llevaba un buen rato sin decir nada. Concretamente, desde que había recibido una llamada de Gillian y Jason, los dos histéricos de alegría con la noticia de que el expediente de adopción del pequeño de cuatro años, se resolvería antes de lo previsto:

les entregarían al niño en un par de días. Era normal que quisiera estar allí, con ellos. Conocer a su nuevo primo. Disfrutar de un momento tan especial que la pareja llevaba seis años esperando…

—Estoy bien, vaquero. Pon atención al camino y deja de mirarme tanto, que con esta lluvia la carretera es un jabón.

Detrás de sus palabras había llegado su caricia, ligera, tremendamente tierna sobre la barbilla de Troy. Él sonrió e hizo lo que mejor se le daba: hacer el payaso.

—No te hagas muchas ilusiones. Por otra caricia así, soy capaz de poner a Snow al volante y dedicarme a mirarte todo el camino.

Patty sintió que la mano le quemaba y, al mismo tiempo, que se derretía por dentro. Las caricias sin venir a cuento eran definitivamente nuevas en la relación. Habían comenzado en Navidad, después de que él le prometiera que nunca dejaría de ser su tractor oruga, y se habían mantenido a un ritmo constante de una vez al día desde entonces. Sonaba planificado porque lo era: se había propuesto dejar de mostrarse tan reacia al contacto físico, tan áspera. Había costado años de violencia y malos tratos que su cerebro automatizara el rechazo al contacto como primera respuesta, pero, si había podido grabar esa instrucción y reproducirla hasta el cansancio, era perfectamente capaz de grabar otra. Al menos, cuando se tratara de Troy. No necesitaba defenderse de él. No necesitaba marcar las distancias ni protegerse, ni contraatacar. En cambio, lo que necesitaba desesperadamente era dejar de ponerle las cosas tan difíciles. Daba igual cuánto tiempo le tomara conseguirlo. Estaba convencida de que ese día llegaría, el día de volver a ser una mujer normal. Alguien que ama, alguien a quien aman, alguien que no ve el mundo exterior desde su trinchera de guerra. Así, cuando abría los ojos por la mañana, el contador de caricias estaba a cero y sabía que tenía todo el día por delante para hallar el momento de entrenar su cerebro. De momento, no surgía de forma espontánea. Le costaba. Algo de lo que él, obviamente, se daba cuenta, ¿y cómo respondía?

Volviendo a demostrarle que absolutamente todo lo que venía de ella era un regalo.

Algún día sería capaz de decírselo. De decirle cuánto la derretían esas reacciones suyas, cuánto la conmovían. Algún día…, pero no hoy.

Patty se dio vuelta a mirar qué hacían los tres peludos de la familia.

—Pues no sé qué decirte… No parecen muy interesados en lo que pasa a su alrededor, la verdad.

Troy echó un vistazo a los canes a través del espejo retrovisor. Los dos Huskies iban hechos un ovillo en un rincón del asiento, apenas se les veía, y el que lo ocupaba todo era Boy, que se había estirado como si estuviera en el sofá de casa.

—¡Menos mal que no roncan! —apuntó riendo de buena gana. Puso el intermitente y comenzó a aproximarse al carril derecho. Esta vez, fue Patty quien lo miró. Él le hizo un guiño—: Parada de emergencia. Así Snow se espabila, que luego le toca conducir, y yo voy al baño, que estoy a punto de hacerme pis encima.

—Buena idea. Podríamos aprovechar para comer algo, ¿no?

—Mientras me reserves el postre para tomarlo en casa —dijo él, seductor y, al ver la ceja alzada de su chica, sonrió —: Entiéndelo, preciosa, voy a estrenar mi propia llave. ¡Estoy emocionado!

Era lo único en la vida de un tío que tenía prioridad absoluta, incluso aunque estuviera en juego perderse a su equipo favorito disputando la final. Pero, por lo visto, ahora le llamaban 'estrenar mi propia llave', pensó la muchacha.

—Ya.

Troy volvió a mirarla de reojo. Si sus pensamientos tomaran forma gráfica, vería a Patty soltando una ráfaga de metralleta a un tío alto con sombrero de cowboy, muy parecido a él. Sonrió para sus adentros y acabó la maniobra de aparcamiento. Entonces, cerró el contacto y se acercó a su chica que lo miró con el ceño fruncido pero no hizo ademán de retirarse. Tomó su barbilla suavemente.

—Tienes suerte de que mi urgencia sea grande porque si no me iba a ocupar de demostrarte aquí mismo, que no necesito llegar a casa para hacerte el amor. Contigo cualquier lugar es perfecto, pero saber que ya no tendré que dejarte por las noches, es mucho más que emocionante para mí. Es locura total, ¿vale, princesa? —Le dejó un beso suave sobre los labios y se apresuró a apearse.

"Princesa", otra vez, y como colofón a una frase que la calentó entera. En todos los sentidos posibles.

Era cierto. A partir de aquel día, ya no despertaría sola en la cama, ni deambularía medio dormida por una casa en la que los únicos otros ocupantes eran peludos de cuatro patas, ni se pasaría la semana deseando que llegara el viernes para poder tener a Troy dos días enteros, solo para ella. Aunque esto último, pensó, probablemente no cambiaría jamás porque si algo había tenido ocasión de comprobar a su lado era que de él nunca tenía bastante. Siempre quería más. El corazón de Patty dio un redoble y otro más. Entonces, el recuerdo de *otro* momento, allí mismo, en el que él había sentido la necesidad de demostrarle que cualquier sitio era bueno para hacerle el amor, la tomó por asalto. Había empezado en esos mismos asientos, con ella cabalgándolo, y había acabado contra el guardabarros de la F-150, con él embistiéndola como si no hubiera un mañana. El mejor polvo que le habían echado en la vida. Su útero se contrajo en un espasmo que envió millones de sensaciones a sus terminaciones nerviosas. Joder, qué ganas de montar le habían entrado. Bajó la ventanilla y asomó la cabeza.

—¡Eh, si necesitas ayuda, avisa! —le gritó a la espalda del hombre que se alejaba con grandes zancadas, tal era su urgencia. No pretendía ser una broma y no sonó como tal. Tampoco demasiado elegante viniendo de una mujer. Pero a Patty le daba igual. La inefable ternura de Troy, especialmente cuando la usaba para demostrarle lo mucho que la conocía, tenía un efecto devastador sobre ella. Empezaba por arrasar su corazón, pero, indefectiblemente, acababa encendiendo su libido.

Lo vio detenerse brevemente y mirarla. Y aunque no pudo ver su rostro, supo exactamente lo que él estaría pensando: "eres tremenda".

Troy reanudó su camino hacia los lavabos y Patty se ocupó de los perros que ya se habían despertado en cuanto el vehículo se había detenido.

Les dio un paseo corto, llenó el contenedor de agua del que bebieron hasta vaciarlo dos veces, tras lo cual volvieron a ocupar sus plazas en los asientos posteriores, dispuestos a seguir durmiendo. Y durante todo ese tiempo, la mente de Patty no dejó de repetir, como en un bucle, las últimas palabras del vaquero. Ni su corazón de latir acelerado. Algún día le diría lo muchísimo que él conseguía hacerle sentir con esas manifestaciones suyas, breves, pero intensas, que solían llegar como aclaración a un posible malentendido por parte de Patty. Sin ostentación. Sin discursos grandilocuentes. A corazón abierto. Algún día…

Patty dejó un palmo abiertos los cristales posteriores de la F-150 y accionó el cierre de todas las cerraduras. Titubeó un momento, y al fin entró en la caravana. Recogió su mochila y tras cerrar, se encaminó al bar. Se instaló en la única mesa que estaba libre, situada junto a la ventana, para esperar a Troy.

Él apareció poco después quitándose la *parka*. Su rostro tenía una expresión pícara. De hombre a quien le ha encantado el ofrecimiento de su novia. Debajo del abrigo, llevaba un cárdigan celeste, abierto, y su eterna camisa de cuadros -que hoy eran azules y blancos- con los tres primeros botones desabrochados, exponiendo su grueso cuello y parte del vello que le cubría el pecho. Patty ni siquiera había llegado a mirarlo detenidamente de cintura para abajo, que un pensamiento se instaló en su mente: a semejante pedazo de hombre le haría cualquier servicio más que encantada.

Sonrió para sus adentros y esperó a ver la siguiente reacción del jinete. Porque de que la habría, no tenía la menor duda.

Aunque había otra que también le interesaba muchísimo ver; la que haría las veces de antesala al postre del que ambos disfrutarían en casa. Era algo que había meditado durante bastante tiempo antes de decidirse a hacerlo. De hecho, esa había sido su idea original de "regalo sorpresa" de Navidad, no la dichosa llave. Pero aquella charla privada entre Mark y Troy, de la que ella había sido testigo silencioso, se había ocupado de poner nuevas certezas en su sitio y los acontecimientos se habían acelerado.

—¿Has pedido algo?

—No. El postre será contundente así que he preferido que pidieras tú. No vaya a ser que me pase, te me empaches y luego…, ya sabes. —Imitándolo, Patty coronó con un guiño aquella frase que Troy no olvidaría mientras viviera.

—*¡Wuo-jou-jou!* —Fue todo lo que consiguió salir de la boca del jinete.

Entre risas y miradas cómplices, la pareja tomó una hamburguesa -que en el caso de Troy tenía más pisos que un edificio de *Wall Street*-, con guarnición de patatas y una taza de café. Fuera seguía lloviendo a ratos, pero el ambiente en el interior era bastante alegre para tratarse de un bar de carretera. En la máquina sonaba el *hit* de Carly Rae Jepsen, "Call Me Maybe", y un grupo de jóvenes mochileros se habían arrancado a bailar al ritmo del conocido tema que llevaba meses sonando en todas las radios.

Notó que Patty los miraba con interés.

—¿Quieres bailar?

—¿Todavía recuerdas cómo se hace? —Patty no consiguió acabar la frase seria.

Troy no se dio por aludido esta vez. Ella le gustaba tanto que muchas veces se sentía como un adolescente, loco por complacerla. Daba igual en qué. Aunque fuera lo último que en aquel preciso momento deseara hacer. Desde el principio, se había sentido poderosamente atraído hacia ella. A pesar de la diferencia de edad, a pesar de lo incómodo que le resultaba saberse atraído por alguien tan joven, casi casi una niña, una que para peor era la hija de su jefe... Como mujer le iba a tope y había sido así desde el minuto cero. El amor había llegado poco después. Como un tornado. Ahora, casi cuatro años más tarde, le gustaba muchísimo más. Le gustaba todo. Hasta sus modales en los peores momentos de cabreo. Le daban ganas de matarla, sí, pero un segundo después lo que quería era abrazarla fuerte y comérsela a besos. Hacía un rato, además, había descubierto que también le gustaba cuando ella se le insinuaba sin filtros: aquel ofrecimiento suyo se la había puesto dura en un segundo, como quien le da a un botón. Así de fácil.

—Bueno, lo mío es montar, ya lo sabes, pero por ti, lo que haga falta, nena.

Otra vez Troy, volviendo a poner sobre la mesa su permanente disponibilidad. Por no hablar de la vibración extraña que había acompañado a ese verbo en el que era un experto y que había ocasionado una revuelo de mariposas en el vientre femenino.

—Mucha labia tienes tú. —Troy esbozó una sonrisa. Acababa de acertar en plena diana—. No, no me apetece bailar. Gracias.

—Un placer. —En tal caso, pensó, iría directo al grano–. Con que mi chica tiene un lado superservicial y yo sin saberlo… —dijo después de limpiarse la boca con la servilleta.

Arrugó el papel, lo dejó a un lado de su plato donde solo quedaban unas migas y alzó la vista, procurando que sus ojos no delataran las ganas que le habían entrado, ahora que había saciado el acuciante problema del hambre, de solicitar dichos servicios.

—Bueno…

El sonido del móvil de Troy interrumpió a Patty. Esta vez fue el jinete el que puso los ojos en blanco. Maldito fuera el inoportuno que había tenido la brillante idea de acordarse de él en aquel preciso momento.

Patty sonrió. No pudo evitarlo.

El inoportuno había resultado ser, cómo no, Jared Montgomery. Troy lo puso en altavoz.

—*¿Dónde estás, tío? Si Emma me sirve un café más, no vuelvo a dormir en lo que me queda de vida.*

—*¡Ni yo!* —Se oyó que decía la voz de Nat.

Ellos también habían puesto el altavoz y ahora era una conversación a varias bandas.

—¿Estáis en casa de Emma? —preguntó Troy, alucinando por partida doble; con la vecina y con sus colegas.

—*En su jardín, bajo la lluvia. Hemos conseguido huir hasta aquí sin que nos siguiera. ¡A ver si conseguimos llegar hasta la verja!* —dijo Jared. Se estaba tronchando de risa.

—*No les hagas caso, Troy. Son unos exagerados. La mujer es un encanto.* —La última en hablar había sido Trish.

Y si estaba ella, su siamés, Adam, también estaría aunque, de momento, no se hubiera dejado oír. Troy y Patty se miraron con desesperación. ¿Tenían al comité de bienvenida instalado en la parcela de Emma?

Ni hablar, pensó Troy. Eran sus amigos y los quería un montón, pero ni hablar.

—Pues, lamento comunicaros que todavía estamos en Wyoming, cenando en un bar. Haremos noche aquí y mañana seguiremos viaje.

De más estaba decir, que no lo lamentaba para nada. Nada de nada. Ni un poquito. Y desde que había comprobado que la sonrisa había regresado a la cara de su chica, menos todavía.

—*¿Cómo que mañana?* —se quejó Nat—. *Tenemos una entrevista en la tele a mediodía, tío, y como se te ocurra dejarme solo…*

—Tranquilo, Nat. Que yo me ocupo de hacerlo madrugar –intervino Patty, poniendo su granito de arena para apuntalar tamaña mentira. ¡Estaban al lado de casa!

Jared no perdió la ocasión.

—*Y si no, te acompaño yo, Nat. Ya sabes que las cámaras me adoran.*

—*Sí, especialmente con esa pinta de tío duro que tienes… Anda, chaval, no me marees, que vamos a promocionar una escuela de rodeo, no una marca de aftersun.*

Por ahí al fondo se oyeron las carcajadas de Adam.

—*Bueno, tendría su punto. Igual no atraéis a muchos tíos duros con Jared como reclamo, pero ellas seguro que caen como moscas… ¡Os vais a tener que especializar en carrera de barriles[1]!*

—*¡Eso digo yo! Ya tenemos dos machotes, ahora lo que nos hace falta son señoritas que nos alegren la vista —* corroboró Jared.

Patty le hizo un guiño a Troy antes de responder.

—Eh, que uno de esos machotes es mío y para alegrarle la vista me basto yo solita. Si tus ojos están tristes, Jared, búscate una novia, ¿vale?

—*¡Retiro lo dicho, que cualquiera te lleva la contraria, guapa! —*exclamó el aludido entre carcajadas.

—*Sí, yo creo que mejor nos retiramos todos, antes de que nos toque meternos otra taza de café por el gaznate —* sugirió Adam.

—Nos vemos mañana, tíos. Y gracias por el comité de bienvenida. Lamento el viaje en balde, pero nos entretuvimos en…

—*Tío, no seas cabrón, no vengas ahora a alardear de tus batallitas. ¿Te has entretenido mucho con tu chica? Pues*

---

1 La carrera de barriles es una de las siete modalidades del rodeo actual. Se trata de una modalidad predominantemente femenina.

mejor para ti. Venga, a más ver, ricuras –intervino Jared, interrumpiendo a Troy.

—Vale, entonces no os pondré los dientes largos —replicó el jinete haciéndole un guiño a Patty—. Adiós, colegas.

—Se me había olvidado que sois como Los Mosqueteros —comentó Patty cuando Troy desconectó la llamada.

Era una manera de "estar presente" en la vida de la gente que querían, diferente a la de los Brady, pero igual de efectiva. A pesar de la mentira, Patty no había dudado en ningún momento que a Troy le gustaba el evidente interés que todos ellos le demostraban. Le gustaba que lo consideraran parte de su vida.

Y a Patty también le gustaba. Al final, pensó, los dos habían conseguido, a su manera, hacerse un lugar en el corazón de otras personas con las que los unía un vínculo mucho más poderoso que la sangre.

Pero en aquel momento a Troy lo último que le apetecía eran tener a sus amigos como tema de conversación.

—¿Me recuerdas de qué estábamos hablando cuando Athos, Porthos y Aramis tomaron mi móvil por asalto?

El movimiento sensual de sus cejas hizo que Patty meneara la cabeza.

Hombres.

—No hay mucho que comentar sobre eso —empezó a decir la muchacha al tiempo que abría su mochila. Sacó el portátil y un pequeño modem usb—. *Contigo,* en las condiciones adecuadas y con el… digamos, estímulo correcto, podría llegar a ser muy servicial. Dicho lo cual —lo miró directamente a los ojos—, creo que esto te va a interesar *muchísimo más.*

Troy se quedó cortado. No se le habían escapado ninguno de sus énfasis. Ni el portátil, que esperaba con la pantalla abierta, frente a él. Ni aquel módem usb que su chica le ofrecía y que le había puesto el corazón a mil por hora. De pronto, le parecía demasiada información para procesar en un mismo momento. No sabía por dónde empezar.

Patty lo hizo por él. Y no tanto pensando en Troy, sino en ella misma. Que la decisión estuviera tomada, no modificaba en nada el hecho de que en aquel módem iba un trozo de sí misma y que dejándolo ser partícipe de ello, se estaba exponiendo. Y exponerse era algo a lo que Patty temía más que a nada el mundo.

Sin abandonar su sitio, ella encendió el aparato y cuando estuvo operativo, insertó el módem usb en la ranura. Se cruzó de brazos y apoyó los codos sobre la mesa. Entonces se dio cuenta de que estaba helada.

—¿Sabes cómo seguir solito o necesitas a tu chica superservicial otra vez? —Fue un intento de romper la tensión que no dio resultado. No hubo sonrisas. Ni comentarios.

Troy estaba tan helado como Patty cuando apartó sus ojos de ella y los puso en la pantalla. Hizo doble clic en la única carpeta que contenía el módem…

Y empezó a alucinar.

Toda su trayectoria profesional estaba allí, recogida en una colección de enlaces, artículos de prensa e imágenes, clasificados por años. Sin embargo, lo que dio el golpe de gracia a un corazón para entonces demasiado emocionado, fue la fecha que mostraban todos los documentos: empezaban el 29 de noviembre de 2008 y se extendían a lo largo de los siguientes cinco meses.

En otras palabras; cuando él le leía la cartilla a Damian, el compañero de colegio de Patty que trabajaba medio día en el rancho, para que dejara de hacerlo tan evidente, convencido de que estaban flirteando, ella se había dedicado a aprenderse vida y obra de un hombre con quien *no flirteaba*, aunque, claramente, le interesaba hasta ese punto y más.

En otras palabras, durante todos esos meses en los que él medía sus palabras, sus movimientos, todo… Totalmente enamorado, sin saber cuánto interés le profesaba la primera mujer en la que ponía los ojos tras siete largos años, loco por ella y, a la vez, asustado por lo que se le venía encima… Patty lo tenía todo meridianamente claro. Lo conocía del derecho y del revés. Lo sabía todo sobre Troy Donahue y, simplemente, con muchísima habilidad, hacía su juego: enamorarlo.

Durante unos interminables diez minutos, Patty lo vio con los ojos brillantes fijos en la pantalla. Había un gesto extraño en su rostro, mezcla de emoción, satisfacción y algo más que no fue capaz de determinar hasta después, cuando él cerró la pantalla y saltó del asiento.

Prácticamente, se le echó encima. Porque aquello más que un abrazo, fue casi un avasallamiento.

—Dios, no puedo creer… No puedo creer que para ti fuera tan importante cuando yo ni siquiera me daba cuenta de nada… Te juro que ahora mismo me siento el tipo más poderoso del mundo, el más fuerte, el mejor.

Y enredados en las pocas palabras que consiguió decir, llegaron los besos. Cada vez más húmedos, cada vez más apasionados.

Y las caricias, explorándola sin tapujos, como si estuvieran a solas.

Y como solían suceder en los ataques de pasión entre Patty y Troy, todo lo que vino después fue una sucesión de actos bañados de la torpeza apasionada de una pareja romántica en un momento álgido: pagar la cuenta, coger sus cosas, salir al exterior en mangas de camisa, devorándose mutuamente bajo la lluvia. Avanzando por el aparcamiento sin dejar de besarse.

Sin embargo, en vez de dirigirse hacia la furgoneta, Troy enfiló para la caravana. Los dos rebotaron contra la puerta y siguieron besándose, esta vez, a cubierto de la lluvia.

—Uno y seguimos viaje. —La voz de Troy sonó implorante, con un punto de desesperación. Y la falta de respuesta de su chica lo impulsó a continuar mientras llovía besos sobre su cuello—: Princesa, no sé si era algo que tenías previsto, puede que sí… Pero acabas de darme un afrodisíaco hecho a mi medida. Mírame. Mírame y dime que no quieres encerrarte conmigo en la caravana ahora mismo.

Pero el silencio de Patty no estaba relacionado con hacerse rogar. Ni mucho menos. Aprobaba la moción y añadía que en vez de "uno", fueran "dos". Ya en el bar, había tenido ocasión de darse cuenta de la tormenta de pasión que aquel módem usb había desatado en el jinete. No le habían hecho falta ninguno de los dos "mírame" que Troy había acompañado con sendas embestidas, permitiéndole comprobar que la tormenta era de grandes dimensiones. En realidad, con tres cuartas partes del cerebro ahogado en hormonas sexuales, estaba pensando. Barruntando qué sucedería si…

—¿Y si te dijera que…? —Patty empujó suavemente a Troy para apartarlo un poco de ella y poder mirarlo mientras hablaban. Lo que vio en sus ojos le hizo cambiar de idea—: Dos, y después ya veremos.

Troy exhaló un suspiro de fuego. Atinó con la cerradura a la primera, en aquel momento no supo cómo, y los dos entraron en la caravana. Cerró la puerta y empezó a avanzar hacia ella, que lo esperaba apoyada contra la pila del pequeño fregadero.

Se aflojaron los cinturones, cremalleras abajo... Lo imprescindible para no obstaculizar la tarea que se traían entre manos: Patty perdió los pantalones y las bragas. Troy, nada. Él la alzó y la depositó sobre la estrecha encimera junto a la pileta. La penetró de una vez. Profundamente y con fuerza. Siguió embistiéndola cada vez con más brío. Eran movimientos rápidos, que lo enterraban totalmente dentro, para luego retirarse por completo.

—Joderrrrrrrr con el afrodisíaco…. Te lo voy a dar de desayuno cada día —gimió Patty, al borde del orgasmo, su voz entrecortada por las potentes embestidas.

—Para que veas… —empezó a decir él, apenas un murmullo, hasta que una necesidad imperiosa tomó el relevo.

Con la última embestida, los dos alcanzaron el clímax. Troy apoyó su barbilla contra la frente de Patty y los dos permanecieron muy quietos, envueltos por los latidos frenéticos de sus propios corazones.

Les tomó unos buenos diez minutos recuperar el ritmo respiratorio. Y otros tantos, retornar al mundo real. Entonces, Troy echó la cabeza hacia atrás y respiró a todo pulmón. Los ojos femeninos recorrieron sus facciones lentamente, descendieron por aquel cuello grueso, fuerte, y supo entonces, con el cien por cien de seguridad, que tendrían que ser tres. Como mínimo.

—Solo has visto una parte.

Él bajó la cabeza, en sus ojos empezaba a brillar el deseo otra vez.

—¿Hay más?

Patty asintió. Notó que el miembro de Troy cobraba vida en su interior y eso la impulsó a continuar.

—Mis diarios. Siguen vírgenes de miradas extrañas. Ni los cotillas de mis hermanos saben de su existencia, que ya es decir.

Troy exhaló un suspiro. ¿Le dejaría leer sus pensamientos, sus emociones, sus…? ¿Saber, de primera mano, lo que sentía cuando pensaba en él? Dios, era casi tan bueno como una declaración de amor. Un estremecimiento lo recorrió entero y casi al instante, sus caderas empezaron a empujar otra vez.

Patty respondió dejando un reguero de besos húmedos sobre el cuello de Troy, lo que aceleró el movimiento de sus caderas.

—¿Me vas a dejar verlos?

¿Si lo dejaría?, pensó la muchacha. Solo con saber que existían, la erección del jinete había ido de uno a cien en un minuto hasta alcanzar su máxima rigidez. Estaba duro y dispuesto a dar batalla como si no acabaran de hacerlo. Hablando de afrodisíacos…

—Tú esmérate y luego, ya veremos.

Y eso fue lo que hizo Troy. Esmerarse. Esmerarse mucho y bien.

Se esmeró un total de tres veces en la caravana y anunció que lo seguiría haciendo cuando llegaran a casa. Patty, por supuesto, no lo creyó, pero le gustó que él echara el resto. Todavía seguía sin decidir si le dejaría ver sus diarios personales o no. Picardías aparte, el contenido era mucho más personal aún que lo que había en la memoria usb. Esos eran sus pensamientos, su yo, auténtico y sin ningún filtro. Su yo de mujer hablando de un hombre; de él. Tenía que pensárselo.

Cuando al fin llegaron a casa, era lo bastante tarde para que las luces de Emma estuvieran apagadas. Supuso un alivio para los dos, ya que lo último que les apetecía era pasarse una hora en su salón, saciando su enorme curiosidad con la excusa de invitarlos a un café.

Los perros estaban tan contentos como sus dueños de volver al hogar y lo celebraban haciendo carreras alrededor del jardín.

—Esto va a ser casi como otro orgasmo, nena. Ohhhh sí, qué bueno… —dijo él impostando la voz al tiempo que introducía *su* llave en la que de ahora en adelante sería *su* casa—. ¡La primera vez en mi vida que me corro a cuenta de una llave!

Reía como un niño, a carcajada limpia, haciendo que Patty deseara abrazarlo fuerte y acunarlo. A veces, se sorprendía de la cantidad de emociones tan diferentes entre sí que él despertaba en ella. Así, sin solución de continuidad. Ahora, unas ganas locas de cabalgarlo y darle gusto al cuerpo. Al siguiente, una ternura extrema y una acuciante necesidad de protegerlo, de mantenerlo a salvo, de darle todo lo que necesitara. De serlo todo para él.

Cuando el picaporte giró, Troy empujó la puerta suavemente y tomó a Patty por la cintura.

—¿La tradición no dice algo de traspasar el umbral en brazos? —dijo él.

Los dos echaron a reír.

—Anda, entra de una vez… —Patty lo empujó suavemente hacia el interior. Los canes, para variar, habían sido los primeros y ya los estaban esperando dentro, moviendo el rabo.

Troy cerró la puerta y detuvo por un brazo a Patty que se alejaba a ponerle de comer a Snow, Lobo y Boy. La atrajo tirando de ella suavemente y la abrazó por la cintura.

—Si antes éramos felices, ahora, vas alucinar. Llevo mucho, muchísimo tiempo, deseando que llegara este momento. Y te prometo una cosa: nunca vas arrepentirte de esto, Patty. Nunca.

Ella lo sabía muy bien, lo cual no evitó que su corazón volviera a palpitar de ilusión al oírlo de sus labios ni que lo que sentía por él volviera a crecer.

—Buen intento, vaquero, pero no va a haber un cuarto hoy. —Empezó a darle empujoncitos en dirección al dormitorio—. No puedes ni con tu vida. Y yo tampoco. Acuéstate, que en cinco minutos me uno a ti, a dormir a pierna suelta hasta mañana.

Él se dejó caer de espaldas sobre la cama pero todavía la retuvo por la mano un instante más. Ella se volvió a mirarlo.

—Te quiero con toda el alma, Patty. Estoy enamorado de ti como un loco.

Aquellas palabras entraron directo al corazón de la muchacha, haciéndola estremecer de pura emoción.

Patty respiró hondo y exhaló un suspiro. Como no le salieron las palabras, su mano recorrió amorosamente el rostro de Troy.

Y esta vez, por primera vez, su caricia fue espontánea.

Secuencia nueva, 2

"El día que Patty le dijo a Troy "te quiero".

Martes, a principios de febrero de 2013.
Casa de Patty y Troy.
Montana.

Patty supo que Troy no estaba solo tan pronto dobló la esquina de casa; el Jeep Cherokee de cuarta generación de Nathaniel Jensen estaba aparcado justo detrás de la "patata" del dueño de casa. Y si Nat estaba en casa una de dos; o miraban rodeo (¡o deporte!) en la televisión o estaban haciendo bricolaje.

El sonido de unos martillazos le confirmaron a la muchacha el motivo de la reunión. Aunque, en realidad, era una forma de decir. Nat y Troy siempre estaban juntos, sin más motivo que estar juntos. No había muchas palabras entre ellos, ya que ninguno de los dos era especialmente elocuente, pero era evidente que estaban a gusto. Muchas veces, también se les unía Jared Montgomery cuando su sobrecargada agenda de monitor de Lone Star se lo permitía. Entonces, el ambiente era completamente distinto; había bromas, risas, pullas. Era evidente que se querían mucho y que juntos lo pasaban bien a pesar de los casi diez años de edad que los separaban.

La radio estaba a todo volumen y los hombres no la oyeron entrar. Ni siquiera se dieron cuenta de que Boy había tirado la caja de clavos y tornillos al saltar del sofá para ir a recibir a los recién llegados. De forma que Patty tuvo unos instantes para analizar el panorama.

Además de la radio, tenían la calefacción a tope; se habían ido quitando ropa como si fueran las capas de una cebolla que ahora lucían apiladas en el apoya brazos del sofá. Había un hombre guapísimo en camiseta, martillo en mano, dale que te pego. Otro rubio, también en camiseta de mangas cortas, considerablemente más bajo pero con una espalda sobresaliente, probando el sitio óptimo para el porta fotos que sostenía en la mano. Atacaban la pared de la sala de estar que quedaba a la derecha de la puerta de acceso, donde estaba el televisor.

Una sonrisa apareció en el rostro de la joven en cuanto detectó las tres nuevas imágenes que se habían ido a sumar a la exposición permanente de Bradys, Jensens y Montgomerys en el salón. Mandy había dado a luz hacía tres días, y Cassidy y Brooke, las nuevas componentes de la familia Brady habían acaparado desde entonces los objetivos de las cámaras al igual que lo había hecho Drew, el hijo adoptivo de Jason y Gillian, veinte días atrás. En una aparecían junto a sus embobados padres, en otra en brazos de Jordan y la tercera era un *selfie* tomado por Mark en el hospital, en el que aparecía toda la familia rodeando la cama de la flamante mamá. No solo se veía a las pequeñas durmiendo plácidamente en el regazo de Mandy; también que entre todos habían convertido la habitación en una fiesta infantil cargada de globos, serpentinas, carteles de bienvenida y peluches por doquier.

La sonrisa de Patty no solo fue a cuenta de ver aquellos momentos recogidos en sus paredes, sino por el hombre del martillo. Todavía no habían cumplido un mes de convivencia y la casa parecía otra. Troy la había transformado, ambiente a ambiente, igual que había hecho con la caravana. Había logrado convertirla en un espacio acogedor, supercálido, que a Patty le traía al recuerdo el hogar de John y Eileen, no sabía muy bien por qué ya que no se parecían en nada. El jinete sabía cuánto le habría gustado estar en el rancho, con los suyos, en un momento tan especial y dado que eso no era una posibilidad, se había ocupado de que la montaña fuera a Mahoma. ¿Cómo no iba a estar loca por él?, pensó. Era imposible no caer rendida ante la devoción de Troy, tan evidente en cada cosa que hacía.

La muchacha bajó el volumen de la radio y los perros ladraron/aullaron agradeciendo que alguien se hubiera apiadado de sus sensibles oídos. Los dos hombres se volvieron a un tiempo, sorprendidos.

—Eh, preciosa… pero si ya estás aquí. —Troy fue al encuentro de su chica y le dio un soberbio beso de bienvenida que, como siempre que lo presenciaba, hizo sonreír a Nat. Conocía a su amigo mucho y bien, con la clase de saber que dan años y kilómetros de carretera compartidos, y este hombre le parecía muy diferente. Mejor en muchos sentidos y, especialmente, feliz.

Enseguida la ayudó a quitarse el grueso abrigo forrado de borrego y sin consultarlo, hizo lo mismo con el jersey negro que llevaba debajo. Antes de regresar a los ojos de la muchacha, la mirada de Troy acarició sus generosos pechos, perfilados por la entallada camisa blanca que vestía, y cómo no, la cadena de plata de la que colgaba el anillo de pedida. Ella enarcó una ceja y Troy sonrió con picardía, pero no dijo nada. Se limitó a dejar las prendas con las demás que se apilaban sobre el sofá.

—Nos has pillado con las manos en la masa. Hoy tocaba bricolaje —bromeó el otro trabajador de la cuadrilla—. ¿Te gusta así?

Patty examinó la obra maestra con detenimiento mientras los dos hombres la miraban a ella, uno más ansioso que el otro.

—Pues no. ¿Dónde está la foto que estaba aquí? —Patty se adelantó y señaló con un dedo el lugar al que se refería.

Nat miró a su amigo con cara de interrogación. Troy ya estaba riendo.

—Me tienes en carne y hueso, ¿para qué quieres ese pedazo de foto justamente ahí? En el espacio que ocupa, caben tres.

Era una foto de cuarenta por veinte centímetros aproximadamente. Un primer plano precioso que le habían tomado en la cantina del Rancho Lone Star, a pedido de Patty. Él salía con una media sonrisa tierna, mirando algo, probablemente a ella, con la mejilla apoyada sobre su mano. A Trish le había costado pillarlo en la pose justa y tomar la foto sin que él se diera cuenta. Patty la había puesto en la pared principal de la sala de estar, de forma tal que cuando se sentaba en su lado favorito del sofá y alzaba la vista, esa sonrisa le calentaba el alma.

Y ahora, el señor preguntaba que para qué la quería ocupando tanto espacio de esa pared.

—La quiero ahí, vaquero. No preguntes tanto y vuelve a ponerla donde estaba —replicó la muchacha. El estilo de Patty era el de siempre; su voz, no. Sus supuestas regañinas sonaban cada vez más dulces. Tanto que Nat decidió que era hora de marcharse.

—Creo que te dejo con la tarea de volver a ponerlo como estaba, chaval. La próxima vez te sugiero que lo consultes primero. ¿Podrás solito? —bromeó.

—Quédate a cenar, Nat, venga —insistió la muchacha —. La comida estará en un rato.

Troy tomó a Patty por la cintura, impidiendo que se marchara a la cocina, y la estrechó contra su cuerpo. Ella no hizo ademán de responder al achuchón, pero tampoco de evitarlo. Algo que no pasó desapercibido a ninguno de los dos hombres y que a Troy le encantó: dejarse llevar y hacer lo que sentía, tal como ella le había pedido que hiciera, seguía dando buenos resultados.

—Cena con nosotros, tío. Y así me ayudas con las fotos. —Troy acabó la frase riendo. Miró a su chica con cara de dolor—. ¿En serio quieres que vuelva a poner mi foto ahí? Yo creo que al lado de la de tu padre y Shannon está mucho mejor y nos deja un hueco perfecto para las mellizas…

Patty lo escuchó con una expresión solemne que puso una sonrisa en la cara de Nathaniel. Ella le había caído bien desde el primer momento, pero cuanto más la conocía, más ideal le parecía como pareja de su amigo.

—En serio, vaquero —fue su respuesta.

Troy exhaló un suspiro de resignación.

—Me voy a empachar de tanto verme cada vez que me siento en el sofá —se quejó de mentirijillas y entonces cayó en la cuenta de cuáles eran sus verdaderas razones y volvió a mirar a su chica—. ¿Es por eso? —La abrazó, halagado. Ella le dedicó una mirada displicente que no hizo sino confirmar que había acertado. Nat empezó a reír—. ¡Es por eso! ¡Te he pillado, guapa!¡Aissssssssssss, me encanta!

Al fin, el otro jinete de rodeos aceptó una cerveza, pero no se quedó a cenar y cuando se marchó, la foto con el primer plano de Troy volvía a reinar en su lugar original. Tras sacar a pasear a los perros y con una hora de retraso sobre el horario habitual, la pareja retomó su costumbre de cocinar juntos mientras conversaban.

En esta ocasión, habían optado por un plato de cocina internacional: lentejas con chorizo, una receta sencilla y nutritiva, tradicional de la cocina española. Los chorizos eran gentileza de un nuevo monitor del Rancho Lone Star, otro estudiante de la Universidad de Montana, español de buena cepa, que los había recibido de su familia por Navidad, junto con un cargamento de delicias nacionales. ¿Cómo se las había arreglado Troy para ser el único miembro del rancho en acabar recibiendo una parte del preciado botín navideño? Ese era otro de los muchos encantos del jinete, su facilidad para caerle bien a todo el mundo.

En realidad, quién hablaba, principalmente, era Troy. Patty lo escuchaba abstraída. Y, para variar, su abstracción no tenía (solo) que ver con regodearse en unas vistas que siempre había encontrado superlativas y que hoy destacaban en sencillez con una camiseta gris azulado de mangas cortas por encima de sus vaqueros, sino en lo que fluía de él. No solamente a Nat Troy le parecía un hombre nuevo, cambiado, a Patty también. El hombre que había conducido cientos de kilómetros para acompañarla a pasar la Navidad con su familia en Arkansas, era diferente del que la había traído de regreso a Montana la primera semana del nuevo año. Este Troy era dicharachero, bastante más conversador y pletórico de energía desde que sacaba los pies de la cama por la mañana. Generalmente, era el primero en levantarse ya que continuaba compatibilizando su trabajo de monitor del rancho con el de instructor en la escuela de rodeo. Había días que estaba en pie antes del alba. Pero no había pasado día sin que Patty, al despertar, encontrara la cafetera a punto y la mesa del desayuno puesta, esperándola con alguna notita de quita y pon pegada a su taza preferida, dándole los buenos días. Ella, que siempre había tenido unos despertares de pesadilla, invariablemente estrenaba la primera sonrisa del día cada vez que ponía un pie en la cocina. Hasta dormida y malhumorada, Troy conseguía ponerla mimosa sin siquiera estar de cuerpo presente. Lo cual no dejaba de resultarle desconcertarte: ¿ella, mimosa? El adjetivo no le pegaba nada, era cierto, pero estaba totalmente segura de que si al entrar en la cocina en vez de una notita pegada a la taza, los buenos días se los diera él en persona mientras le servía una taza de café, ese adjetivo se convertiría en acción al instante de verlo. Le pegara o no. La ablandaba el detalle que Troy ponía en cada cosa. La hacía sentir valiosa, importante y tan, tan querida…

Él continuaba hablando al tiempo que removía el contenido de la cacerola.

—Frank está encantado de cómo está marchando la escuela. Hoy le ha dicho a Jared que en cuanto empiece el buen tiempo, comenzamos las obras. De más está decir que dos minutos después, nuestra estrella de cine se había puesto a darle bombo al asunto. —Sus alegres carcajadas volvieron a llenar de calidez la cocina—. Imagínate, no sé cuantas entrevistas me ha dicho que ha conseguido, pero eran un montón… Diez o doce, no recuerdo bien.

Troy se refería a las obras donde se alzaría la nueva escuela y "la arena" donde tendrían lugar los rodeos, ahora que la escuela formaba parte del circuito profesional. Frank les había prometido dos hectáreas de Lone Star si conseguían los apoyos solicitados y dado que ya los tenían, la escuela abandonaría las antiguas caballerizas y el picadero, y se trasladaría a las nuevas instalaciones en cuanto el clima lo permitiera.

—El *marketing* se le da bien y cualquier negocio necesita de un buen relaciones públicas. Creo que Nat y tú os habéis buscado un socio ideal.

Troy cogió un poco del guiso en una cuchara y se lo ofreció a Patty para que lo probara. Ella, que estaba a su lado troceando los tomates para la ensalada, abrió la boca.

—Sopla que quema —dijo él acercándole la cuchara a los labios—. ¿Qué te parece? Yo creo que ya está, ¿no?

Aquello estaba de muerte. Buenísimo. Masticó al tiempo que expulsaba el aire por la boca para evitar abrasarse y cuando al fin tragó…

—Y yo creo que mañana me va a tocar correr diez kilómetros para quemar tantas calorías —dijo la muchacha.

Troy sonrió. Su sonrisa vino a decirle que él de buen grado la ayudaba a quemar lo que hiciera falta, pero no llegó a ponerlo en palabras. Ella leyó entre líneas y descartó al instante la idea de responder. Como se pusieran a hablar del tema de las calorías, acabarían obviando el plato principal y pasando al postre directamente. Menudos eran los dos. Peor ahora que seguían bajo la novelería de estrenar vida en común, haciendo que sus días se convirtieran en un "aquí te pillo y aquí te mato" a la menor insinuación.

La conversación continuó con los dos sentados a la mesa frente a sendos platos de lentejas con chorizo y un gran bol de ensalada campestre.

—Bueno, no sé por cuánto tiempo podremos contar con él—aclaró Troy. Patty alzó la vista, lo miró interrogante —. Frank sabe que a su hijo no le gusta la idea de tener que ocuparse de la dirección de Lone Star cuando él se retire. Pero es lo que está mandado y lo que sucederá. A menos que Trish acabe la universidad y le demuestre a su padre que puede hacerlo lo bastante bien como para que él cambie de idea.

—Nunca entenderé esas tradiciones familiares, la verdad —replicó Patty—. Que Jared sea hombre no lo convierte automáticamente en un buen director de empresa, ¿o sí?

—Y te digo que Trish tiene suerte de haber nacido en esta familia. Frank es mucho menos tradicional que los hombres de su generación y su madre… Bueno, ya conoces a Blanche, si Trish lo hace bien, no parará hasta ponerla a la cabeza del negocio familiar.

Ya. Era la historia de siempre; si nacías mujer te tocaba demostrar que podías hacerlo bien para tener aliados. Si nacías hombre no era necesario que demostraras nada; aunque fueras un inepto todos te hacían la ola. Era un asunto que la ponía de pésimo humor.

Patty asintió de mala gana. Troy aprovechó la oportunidad y cambió ligeramente de tercio.

—Y si Trish se convierte en directora de Lone Star, el portavoz de la escuela ante la empresa tendré que ser yo porque a su propio hermano jamás se lo tomará en serio y tal como están las cosas entre mi otro socio y ella…

La muchacha asintió. Una sonrisa burlona apareció en su rostro.

—¿Cuánto llevan hablándose con monosílabos? ¿Tres o cuatro meses, no?

—Bueno, si lo piensas, puede ser una táctica. Sé de alguien que también la usó con bastante éxito.

—¿Te refieres a mí? —replicó la muchacha rezumando displicencia. Troy comía con evidente disfrute. Tenía los carrillos abultados y la miraba con aquella expresión pícara que, a pesar del tono utilizado, hacía que Patty quisiera comérselo a él. Cachito a cachito.

—¿A quién si no? ¿O no te acuerdas cómo te pusiste cuando me mandaste aquel mensaje al móvil del trabajo y yo te paré los pies? Ni me mirabas. No respondías a mis mensajes. ¡Joder, me pasabas como a un poste caído cada vez que nos cruzábamos!

Troy casi se atoró con el bocado que aún tenía en la boca al recordar el enfado de su chica. Bebió un sorbo de cerveza y volvió a mirarla con picardía.

—No digo que no tengas secretos para mí, pero ojalá te hubiera conocido entonces como te conozco ahora. *Era una táctica*, aunque digas que no, y te funcionó de maravilla. Me las hiciste pasar putas, nena. Y, la verdad, me lo tenía merecido por capullo —sentenció con toda su dulzura.

Otra sonrisa displicente, esta vez tan cargada de ternura que Troy le arrojó un beso con los labios. Patty continuó comiendo en silencio.

—Y en el caso de Trish… Si es una táctica, empieza a dar resultados —continuó él. Patty lo miró expectante—. Hoy me preguntó si ella te había comentado algo sobre el tema. Viniendo de un pasota de marca mayor como Nathaniel Jensen es toda una pregunta, te diré.

Patty rió de buena gana.

—Y ahora tú intentas tirarme de la lengua. ¡Cómo sois los tíos, colega!

Troy se metió otra cucharada cargada de aquella delicia española en la boca y no hizo comentarios, pero su expresión risueña los hizo por él; si no se ayudaban entre amigos…

Ella no sabía demasiado porque la dulce Trish era durísima de pelar cuando se trataba de hablar de sus cuitas. Pero Patty era buena intuyendo y conocía bastante bien a las de su mismo género. Sobre todo a las chicas normales (y no tullidas emocionales como ella).

—Ni lo sueñes, Troy. Pero dile a Nat de mi parte que si estuviera en el lugar de Trish esperaría que un tipo que tiene las agallas de montar bestias de seiscientos kilos y ganar siete veces el título de campeón estatal en esa especialidad y otras tres el de campeón nacional, no vaya y se acobarde cuando se trata de aclarar las cosas con una estudiante de Empresariales. ¿No dice que es una chiquilla? Pues eso. Seguro, seguro, seguro que no se lo va a comer.

Él asintió.

—Se lo diré —comentó, decidido a zanjar el tema.

Aquella respuesta estaba a la altura del mal genio de Patty, pero había revelado suficiente información para darle una pista de por dónde podía venir el problema. Ese "chiquilla" era bastante significativo. Porque que él recordara, jamás había escuchado a Nat usar ese adjetivo cuando se refería a Trish. Si la tenía por una chiquilla, desde luego, jamás lo había dicho.

Poco después, ella acabó de cenar y aunque él todavía no, se le ocurrió que saciar su hambre con algo tan rico era mucho mejor si lo hacía con Patty pegada a él.

—¿Y qué tal tu día? Venga, cuéntame cosas… —dijo. La tomó por una mano y tiró de ella para hacer que se pusiera de pie. Luego, se retiró un poco de la mesa, dejando sitio para que se sentara sobre sus piernas.

Patty sonrió para sus adentros. Menudo cambio de tercio, pensó. Aquella era la nueva versión "padre protector" de Troy, la de después de que ella le dijera que dejara de comportarse como tal, algo a todas luces imposible para él. Desde entonces, Troy se dedicaba a matar dos pájaros de un tiro: disfrazaba su faceta de "padre protector" apelando a la proximidad física, y entre una cosa y la otra, no solo se salía con la suya, también la ponía a ella como una moto. A ver cuánto demoraban los ojos del vaquero en empezar a perderse en su canalillo. A ver cuánto pasaba hasta que aquella mano, que ahora le rodeaba el talle con recato, se desplazara un palmo hacia abajo o, lo más probable, hacia arriba y empezara a insinuarse, rozándole el pecho cada vez más fuerte cuando se movía sobre la base de la copa de su sujetador. Todo eso mientras conversaban. Claro estaba, no engañaba a nadie, pero ¿qué más daba si a ella le encantaba? Le encantaba que le ablandara el corazón con sus atenciones de hombre detallista mientras sus manos y su actitud se ocupaban de recordarle que era una mujer que le iba a tope.

—Cosas, a ver… —empezó a decir Patty—. El Pinto ha respondido al tratamiento y está casi recuperado. Lo pasó muy mal con el virus de la estomatitis vesicular. Hoy, su dueña vino a verlo… Es una niña de la edad de Dean, imagínate. Lloraba de alegría la pequeña. Me dio una pena… —En realidad, le había recordado su propia alegría al ver que Snow se recuperaba. Ella también había llorado, aunque nadie la hubiera visto hacerlo.

Troy la miró con ternura. Pinchó un trozo de chorizo con el tenedor y se lo acercó a la boca. Su mano, la de la cintura, bajó diez centímetros y le palmeó el trasero en un supuesto gesto de ánimo.

Y permaneció allí.

—Qué buena noticia, nena. ¿Cuándo le dais el alta?

Patty acabó de masticar y bebió un sorbo de la cerveza de Troy antes de responder. La mano masculina había empezado a moverse sobre sus nalgas. Eran movimientos suaves, nada intrusivos, pero evidentes. La maquinaria estaba en marcha, pensó ella.

—Mi jefe se lo está pensando. Quiere tenerlo en observación una semana más, pero yo creo que el animal estará mejor en su establo, con sus dueños. Estar en un ambiente extraño lo estresa y sufre mucho más.

—Estoy de acuerdo. Si se está recuperando bien y la enfermedad ya no es contagiosa, lo mejor es que vuelva a casa.

—A ver si lo convenzo… Por cierto, me ha dicho que el centro será una de las clínicas de práctica concertada para el programa de la universidad. Ya han firmado el acuerdo. Que si quiero, puedo continuar con ellos en agosto, cuando venza mi contrato y empiece la universidad. Dice que estarán encantados de volver a contratarme.

Troy la miró loco de alegría.

—¿En serio? ¿Te han ofrecido seguir con ellos? ¡Esa es mi chica!

Patty asintió. La mano masculina volvió a sobarle el trasero en otro supuesto gesto de ánimo.

—Es bueno tener una alternativa por si las cosas no salen como quiero a la primera.

Troy apartó el plato y puso toda su atención en Patty.

—¿No te apetece seguir en el centro de estudios equinos? Creí que estabas a gusto allí.

—Es que quiero prácticas generales, no tan específicas. No voy a dedicarme a los caballos en exclusiva. Quiero tener mi propia clínica, una clínica móvil, y atender cualquier caso veterinario —vio que la sonrisa regresaba al rostro masculino, grande y satisfecha—. Prefiero no tener que trabajar para otros. Siendo mujer, evidentemente, no es un buen negocio —añadió con un punto de ironía que se ganó un beso por parte de Troy.

—¿Y a nuestros caballos los vas a atender? —preguntó él, sus ojos cargados de admiración no se apartaron de Patty ni un instante.

Se refería al proyecto de cría de caballos para rodeos que se traían entre manos Jared, Nat y Troy. Todavía estaba en la fase de proyecto, pero en cuanto encontraran la financiación necesaria, irían a por ello.

—Si me pagáis bien…

—Aisssssss, qué orgulloso estoy de ti, preciosa —murmuró Troy. Y esta vez sus manos estaban por todas partes. Sus labios se abrieron en torno a la boca de Patty y el beso fue húmedo.

—¿Te gusta la idea? —Él asintió ilusionado. Bajó la cabeza y sus labios empezaron a dejar una huella húmeda sobre el cuello femenino, llenándole el vientre de mariposas. Patty echo la suya hacia atrás dejando vía libre a sus caricias y continuó hablando en tono de susurro—. No es solo por la independencia económica, también es por la libertad de hacer lo que queramos… Tenemos la caravana y a los dos nos gusta viajar —Troy se apartó apenas lo bastante para poder mirarla, sus ojos brillaban en una mezcla de admiración, ilusión y deseo que no tardó en expresarse de otra forma: una de sus manos ascendió por el estómago y le apretó un pecho posesivamente. Ella empujó el tórax contra la mano que la estaba enloqueciendo y añadió:—. Si no dependemos de jefes, podemos hacer nuestros planes más tranquilos, ¿no?

La primera respuesta masculina fue de palabra, aunque enredada en besos cada vez más calientes:

—Te adoro, nena. Estoy superorgulloso de ti y me encantan tus planes.

La siguiente respuesta fue una acción: le abrió la camisa de par en par, le desató el sostén y coló su mano por debajo, adueñándose primero de un pecho, luego del otro.

Los sobó a placer mientras los miraba. Estaban hinchados, hermosos y mucho más tentadores que siempre. Troy sabía lo que significaba, y saberlo era… Dios, una locura, pero buscó confirmación.

—¿Te duelen?

La vio asentir ligeramente, pero en una confirmación de que sí, era exactamente lo que él pensaba, Patty empujó el tórax contra él, insinuándose.

Y si sus planes de futuro y la propuesta de Patty de enganchar la caravana al remolque e ir donde le llevara el viento era ya lo bastante estimulante para un hombre enamorado que, además, soñaba con ello desde que eran un niño, su posterior confirmación de que ella estaba en uno de esos "días previos" en que casi no toleraba el roce de la ropa y sin embargo, bastaba una mirada para encenderla, puso a Troy al borde de la locura. La cremallera empezaba a estar tan tensa que amenazaba con cortarlo al medio y el vaquero se apretó la entrepierna con la mano, en un gesto instintivo de buscar alivio.

De inmediato y como si hubiera algún acuerdo tácito, los dos se pusieron manos a la obra con movimientos bastante coordinados. Ella se levantó, ordenó a los perros que salieran y cerró la puerta que comunicaba con el salón, cerrando el acceso de los canes a la cocina. A continuación, bajó la persiana de la ventana. Era todo un mensaje en sí mismo para la curiosa Emma, pero era preferible eso a que los viera en cueros, montándoselo en la cocina. Finalmente, se dirigió hacia él desnudando sus pechos de una manera que él encontró tan provocativa que se mordió los labios de puro deseo.

—No sé cómo estarán tus registros históricos, nena —dijo él con un punto de desesperación—, pero yo no he follado tanto y con tantas ganas ni cuando iba de rodeo en rodeo. —Acto seguido se quitó la camiseta, la arrojó sobre el asiento de una silla contigua y se bajó la cremallera con un suspiro de alivio—. Ven con papá.

Patty se detuvo en el acto. "¿Ven con papá?". Y encima había acompañado sus palabras con el correspondiente movimiento de sus manos. La muchacha echó a reír.

—Joder, no me digas eso que me cortas el rollo —consiguió decir entre risas.

Al verla medio desnuda, doblada hacia adelante con el pelo haciendo las veces de cortina y tronchándose, Troy claudicó.

—Sí, sonó un poco a John Wayne, ¿no? —reconoció riendo a carcajadas.

Troy se incorporó y fue al encuentro de Patty, a la que rodeó con sus brazos mientras ambos continuaban riendo.

—Qué fuerte. Solo me faltó escupir un cacho de tabaco —añadió provocando otro ataque de carcajadas. Al fin, continuó, susurrando al oído de su chica—: Pero tú tienes parte de culpa, preciosa. Me pones ciego y ya no sé ni lo que digo…

Patty lo miró con una ceja alzada, se desembarazó de sus brazos y empezó a empujarlo suavemente, de regreso a la silla. Él, naturalmente, se lo permitió encantado.

—Tú te pones solito, chaval. En la vida he conocido un tío con semejante *reprise*[2].

Troy se dejó caer sobre la silla y Patty se sentó a horcajadas sobre él.

—Y claro, eso no te gusta nada… —murmuró él, ayudándola a acomodarse. Los dos suspiraron cuando ella descendió suavemente sobre su miembro.

—No he dicho eso —replicó Patty, envuelta en el primer suspiro de los muchos que sabía con certeza exhalaría aquella noche.

—Ah, vale. Porque, ¿sabes? No puedo evitarlo. Todo en ti me excita y cada vez que te insinúas… —El beso fue largo y apasionado y Troy apenas liberó sus labios lo bastante para decir—: se me va la cabeza. Y como vivimos juntos, y tú te la pasas todo el día insinuándote…

Patty se incorporó casi totalmente sobre sus pies por lo que dejaron de estar en contacto. Él la miró encendido, expectante.

—Y poniéndote ciego —concluyó la muchacha. Se inclinó sobre él y bebió de sus labios apasionadamente—: Es que lo pasamos de miedo cuando pierdes la cabeza, Troy. Y desde que compartimos casa, vives perdiéndola y yo, loca

---

2 (Voz francesa) En automovilismo, capacidad de un motor de pasar de un número de revoluciones a otro superior en poco tiempo.

por que la pierdas —exhaló un suspiro cuando las manos masculinas le rodearon los pechos, acariciándolos a placer —. Joder, sigue…

—Tú sigue —exigió él casi con desesperación—. Si quieres que siga, sigue tú…Vamos, nena —imploró él, tirando de Patty hasta que ella descendió sobre su miembro y él volvió a estar dentro.

Al fin y como era de esperar, los dos perdieron la cabeza.

La conversación se reanudó más de una hora después. Fuera nevaba y la temperatura había descendido varios grados bajo cero. Troy había encendido el horno para templar el ambiente y Patty había ido a por una manta. De regreso en la cocina, volvió a sentarse sobre las piernas de Troy y él los envolvió a ambos con la manta. No era la primera vez que había una pausa amorosa tras el primer plato y que el postre los encontraba de aquella guisa; desnudos, al abrigo de una manta y compartiendo la misma silla de la cocina. Era una clase de intimidad nueva para los dos de la que disfrutaban intensamente. Especialmente, Patty: de alguna manera, su desnudez y la de Troy, marcaban una naturaleza más sexual que tierna al momento y en ese terreno, la proximidad o el contacto físico no disparaba reacciones de rechazo en ella. Era como si su yo beligerante se sintiera cómoda, en un terreno conocido.

—Así que clínica propia —dijo él. Depositó un beso tierno sobre la mejilla de Patty—. Tu padre habrá alucinado de orgullo. ¡Habría pagado por verle la cara cuando se lo contabas!

"Eres tú quien va a alucinar", pensó la joven. Sonrió para sus adentros.

—Todavía no se lo he dicho.

Troy buscó su mirada. Ahora era ilusión y emoción lo que brillaba en su rostro.

—¿Soy el primero en saberlo? —se animó a preguntar.

Ella asintió varias veces con la cabeza, disfrutando del momento.

—¡*Wuo-hou-hou!* —exclamó. Acto seguido, se puso de pie con ella a cuestas y la elevó un metro del suelo de pura emoción. La manta cayó al suelo, dejando a la pareja en cueros—. ¡Esto hay que celebrarlo! ¿Qué tenemos de postre?

Patty echó a reír. Ya estaba pensando en comer otra vez.

—He traído tarta helada, pero bájame si quieres que la saque del congelador.

—¡Ay, qué rico! —Volvió a dejarla en tierra firme—. Tú encárgate del postre que enseguida vuelvo y me ocupo del café, ¿vale, nena? —Y al verla junto a la nevera, tan desnuda y tan apetecible, soltó un silbido de admiración—. Maaaaaaaadre mía, qué buena estás. Me parece que el café va a tener que esperar otro rato… —bromeó, impostando la voz.

Ella le obsequió una de sus miradas displicentes que Troy no llegó a ver; había desaparecido como una exhalación por el corredor que llevaba al resto de las habitaciones.

No demoró más de un par de minutos en regresar y cuando lo hizo no traía las manos vacías. Dejó el sobre blanco sobre la mesa. Ocupó su sitio y le ofreció la mano para que fuera a sentarse con él. Con cara de no entender nada, Patty dejó el cuchillo de tarta sobre la encimera e hizo lo que le pedía.

—Mañana cumplimos un mes —empezó a decir Troy.

A pesar de saber perfectamente a qué se refería, Patty formuló la pregunta.

—¿Ah, sí?

Troy ladeó la cabeza y le obsequió una de sus sonrisas cómplices. El derretimiento masivo de Patty comenzó media fracción de segundo después.

—Quieres oírmelo decir, ¿eh? Vale. Mañana se cumple un mes desde que me dejaste entrar en tu mundo más privado y personal, y para mí es un sueño hecho realidad. Sé que lo que digo suena raro viniendo de un tío, pero es lo que hay. Estoy loco por ti. Eres la mujer de mi vida y que vivamos juntos es un sueño. Mejor que un sueño, diría, porque esto es real.

Patty respiró hondo de pura emoción. Asintió y permaneció a la escucha.

—Quería darte algo que significara mucho para ti, algo valioso, y creo que ahora mismo lo que más deseas es esto.

La muchacha miró de reojo el sobre que él le entregó. Era blanco, delgado, de forma rectangular y no estaba cerrado. Sus ojos regresaron a Troy, mucho más emocionados que antes.

—Después de tu último regalo, no sé yo si me animo a ver qué hay dentro…

—Un anillo de pedida no es, porque ese ya lo tienes, y uno de boda tampoco, porque mientras no te pongas el que tienes, no puedo regalarte el de boda. ¿Qué puede ser más fuerte que eso? Tú, ábrelo tranquila, que no pasa nada —dijo él, riendo ante su propia broma.

Era una risa nerviosa que no pasó desapercibida a Patty. Tampoco su comentario acerca del anillo que seguía en torno a su cuello. Ya no colgaba de aquel cordón espantoso, sino de su cadena de plata, pero a los efectos daba igual; seguía fuera del sitio para el que había sido pensado.

La muchacha no apartaba los ojos de él, cautivada y emocionada por un hombre que no dejaba de sorprenderla así que Troy tomó el sobre y extrajo el contenido. Lo sostuvo con dos dedos frente a los ojos femeninos.

Era un billete de avión y no hacía falta abrir la cubierta para saber en qué consistía el regalo. La emoción se trasladó del corazón a los ojos de Patty sin solución de continuidad. Su vista se volvió vidriosa. Troy se apresuró a continuar.

—Feliz *anivermes*, princesa. Ve y disfruta de los tuyos. Dales un beso de mi parte a Brooke, Cassidy y Drew. Los peluditos y yo te estaremos esperando con los brazos abiertos cuando vuelvas. —Acto seguido, se puso de pie con ella en brazos, la depositó sobre el asiento de la silla, y se dirigió a la encimera, decidido a poner fin al conato de emoción—. Y ahora, ¡marchando un café con tarta helada para mi chica!

La mirada de Patty continuó sobre él. Abrumada por lo que sentía, no sabía muy bien qué decir o qué hacer. Su hiperpresente yo ácido se había quedado mudo.

—¿Me regalas un billete para que me vaya lejos? Menuda manera de celebrar lo feliz que te hace que llevemos un mes viviendo juntos —dijo. Fue totalmente consciente de que fingía acidez. Fingía descaradamente—. ¿Has robado un banco o algo por el estilo?

Él también lo sabía. Su voz había sonado demasiado dulce, demasiado quebrada por la emoción para que aquello fuera una de sus salidas bordes. Dio gracias porque Patty se mantuviera firme y añadió su granito de arena, más que encantado.

—Qué comentario más oportuno. —Lo festejó con una de sus carcajadas contagiosas—. Todavía no te lo he contado, pero yo también tengo noticias. He conseguido cancelar el préstamo —dijo en voz baja, como si fuera un secreto— y no lo grito a los cuatro vientos, porque si te digo la verdad, no acabo de creérmelo.

Otra carcajada de niño feliz.

—¿Y eso?

—Llevo nueve meses matándome a trabajar y guardando hasta las vueltas del pan, ¡de algo tenía que valer! —dijo riendo. Volvió la cabeza para mirarla y le hizo un guiño—. Además, las huéspedes me dan buenas propinas, ya lo sabes.

Y lo primero que hacía, ahora que tenía liquidez, era gastarse una pequeña fortuna en un billete para que su chica fuera a conocer a los nuevos integrantes de la familia. El solo pensamiento hizo que a Patty se le volviera a cerrar la garganta.

Troy, ajeno al torbellino que estaba teniendo lugar en el corazón de su chica, continuó sirviendo el café.

—Así que ya sabes, si necesitas financiación para tu clínica, no hay problema. Los intereses serán altísimos, eso sí, pero tranquila, te cobraré con sexo —rió de buena gana y una carcajada anticipó un comentario que pronto puso en palabras—. ¡Ni yo me creo esto de volver a tener liquidez después de tantos años! Llevo toda la semana parando en los cajeros solo para ver que hay saldo jajajaja ¡Estoy fatal!

La primera parte de su vida había sido una mierda, sin un solo recuerdo que mereciera la pena conservar. Pero estaba claro que tenía que existir algo parecido al equilibrio cósmico, si le había tocado en suerte cruzarse con alguien como él en el camino. Troy era la compensación, la esperanza, la ilusión.

El AMOR.

Patty inspiró profundamente y las palabras salieron solas.

—Te quiero, Troy. Te quiero tanto…

Él permaneció inmóvil un instante, con el corazón latiendo a destajo y una sensación de estar entre nubes. Temía darse la vuelta y descubrir que ella no estaba allí, que estaba solo y todo había sido producto de su imaginación.

Pero entonces la oyó reír y se dio la vuelta.

—¿Estás seguro de que eso era chorizo? ¡Para mí que era un suero de la verdad!—Patty reía y hablaba. Se había agarrado la cabeza de pura incredulidad—. Porque lo he dicho, ¿no?

—Ya ves si lo has dicho… —murmuró Troy, asombrado.

—Y no me ha partido un rayo —añadió Patty, tan asombrada como él.

—Ni a mí me ha dado un infarto, pero no te fíes… Joder, se me va a salir el corazón por la boca…

Sus miradas se encontraron, intensas, cargadas de amor.

Patty saltó de la silla y los dos se fundieron en un abrazo. Se acurrucó contra él, que la estrechó aún más fuerte. Permanecieron en silencio con los ojos cerrados, sintiendo el latido atropellado de sus propios corazones.

—¿Crees que podrías repetirlo? —Troy fue el primero en hablar. Necesitaba oír aquellas dos palabras de sus labios. Mil veces más, un millón. Mil millones de veces por día, el resto de su vida.

Patty se apartó un poco, recuperó sus manos del abrazo, que recorrieron el pecho masculino y acabaron tomando el rostro de Troy.

—No sé yo… Probemos a ver… —Entonces, lo vio morderse el labio de pura emoción y cerrar los párpados, anticipando unas palabras que no tardaron en llegar—. Te quiero con toda el alma, Troy Donahue.

Un suspiro, un instante tan intenso, tan rabiosamente pleno, seguido de un profundo sentimiento de realización incomparable.

Él volvió a abrir los ojos lentamente. En su rostro lucía una expresión de lo más tierna cuando le regaló una sonrisa de hombre enamorado.

—Y yo a ti, Patty. Te quiero con locura.

Aquella noche, volvieron a amarse. Su encuentro no fue pasional como solía suceder entre los dos. Hicieron el amor despacio, en su dormitorio y con las luces encendidas para no perderse nada, mirándose, adorándose. Durmieron abrazados y cuando Troy se levantó, más tarde de lo habitual, Patty ya se había marchado a trabajar.

Desnudo y con el pelo revuelto, Troy entró en el baño y encendió la luz. Puso la cara bajo el chorro de agua fría del lavabo durante unos minutos hasta que, lentamente, su cerebro empezó a despertar. Se enderezó, y fue entonces que se percató del pósit pegado al espejo.

Su corazón empezó a latir enloquecido antes siquiera de leer lo que ponía.

"Buenos días, vaquero ;)
¡Corre a la cocina, que hay una sorpresa para ti!"

No tenía la menor idea de qué podía ser. Después de oírle pronunciar las dos palabras más importantes de una relación, se encontraba en una especie de Limbo romántico. Demasiado emocionado, demasiado ansioso y, no iba a negarlo, con el cuerpo todavía vibrando de deseo, de necesidad de fundirse con ella y volver a hacerle el amor. Le parecía increíble la cantidad de cosas que tan solo dos palabras habían conseguido cambiar. Ahora, todo era distinto. Mucho más intenso, mucho más satisfactorio. Mejor en todos los sentidos.

¿Se habría puesto el anillo? Solo con pensarlo se le aflojaron las rodillas y tuvo que asirse del lavabo porque la sensación de que perdía pie fue intensa y real. Sin embargo, descartó la idea de inmediato. Lo que fuera, lo esperaba en la cocina y ella había usado la palabra "correr". ¿A qué estaba esperando, entonces?

Troy no corrió, voló. Boy, que no entendía que su amo, desnudo como había venido al mundo, difícilmente fuera a asomar la nariz a la calle antes de vestirse, lo siguió a la carrera creyendo que había llegado la hora del paseo. Cuando él frenó bruscamente junto al marco de la puerta de la cocina, Boy chocó contra él.

Pero el vaquero estaba demasiado ensimismado en su propia locura de amor para reparar en eso. Y cuando sus ojos detectaron aquel grueso cuaderno negro cargado de papeles que sobresalían haciéndolo parecer un archivo, su corazón dio un redoble.

Troy avanzó hasta la mesa y apoyó las manos sobre el borde del respaldo de la silla frente a la cual estaba el cuaderno. Era voluminoso y los papeles que sobresalían eran recortes de periódico.

Otro redoble, seguido de un mazazo y otro y otro... ¿Le había dejado uno de sus diarios? Dios, se le iba a salir el corazón del pecho.

Con mano temblorosa despegó el pósit que había sobre la tapa y lo leyó:

"Si sobrevives a este, me lo dices. Hay diez más".

Exhaló un suspiro. Manoteó su camiseta que había quedado sobre una de las sillas la noche anterior y se la puso. A continuación, se sirvió un café bien cargado y tomó asiento.

Con el corazón latiendo enloquecido abrió el cuaderno. Una foto suya de hacía mil años, a lomos de un Apaloosa en pleno corcoveo, le dio la bienvenida. Su nombre aparecía al pie con marcador fluorescente y toda la página estaba sembrada de corazones hechos de purpurina.

Y Troy supo, en aquel preciso instante, que las próximas noventa páginas serían la experiencia más alucinante de toda su existencia.

Secuencia nueva, 3

"El día que el anillo pasó del cordón al dedo de Patty".

Mediados de febrero de 2013.
Punto de encuentro.
Rancho Lone Star,
Montana.

Trish frenó justo a tiempo de no encontrarse de frente con el grupo y estropear la sorpresa de Patty. Algo no había salido según el plan porque instructores y alumnos ya estaban allí, atravesando el aparcamiento del centro neurálgico del rancho, en dirección a la cantina.

—Voy a matar a mi hermano. Le dije tres veces que no bajaran hasta las doce y media y míralos. —La dulce Trish no sonó nada a la dulce Trish.

Adam, que había estado ayudando a las muchachas en la preparación de parte de su sorpresa e iba sentado en los asientos de atrás, soltó una risotada irónica.

—¿Y te sorprende? Es un buen tipo pero es lo más despistado que parió la madre naturaleza. Debiste habérselo dicho a mi hermano, pero claro, como no le hablas…

Trish miró a su amigo por el espejo.

—¿Por qué insistes en eso? Claro que le hablo. ¿Por qué no iba a hacerlo? A Nathaniel le hablo como a cualquier otra persona, pero estando Jared de por medio no me pareció necesario.

Adam le dedicó una mirada con mensaje. Que le fuera a otro con el cuento. Había pasado algo entre ellos, no era simple insistencia suya. Y por si a alguien le quedaba alguna duda al respecto, acababa de referirse a él como Nathaniel. Nadie lo llamaba por su nombre de pila en el Rancho Lone Star. En realidad, nadie lo llamaba otra cosa que "Nat" en ninguna parte.

Sin embargo, Trish no se percató de la mirada de Adam porque estaba concentrada en Patty. Su amiga no había dicho una sola palabra. Seguía sentada a su lado, con los ojos pegados al grupo de jinetes profesionales y aspirantes a jinetes que ya casi habían llegado a la cantina, seguidos por tres canes; los dos Husky de Patty, y Boy, el callejero de Troy.

Se inclinó para verla mejor y sonrió. Su abstracción estaba totalmente justificada porque, desde luego, la mayoría eran ejemplares de primera. Algunos doble A. Entre ellos, el destinatario de la sorpresa, que lucía imponente con s u *parka* que llevaba con el cuello alzado, aquellas protecciones de cuero color chocolate sobre los vaqueros y sus botas de rodeo. Y otro de espaldas muy anchas y cabello rubio que, muy a su pesar, seguía encontrado igual de atractivo que cuando tenía quince años. O más.

Trish decidió que mejor pensaba en otra cosa.

—¿Tengo que llamar a un médico o superarás sola el infarto? —bromeó.

Adam puso los ojos en blanco.

—Tranquilas, haced de cuenta que no estoy aquí —intervino el único hombre del vehículo, haciendo reír a las jóvenes.

En honor a la verdad, Patty no tenía claro que no fuera necesario llamar a un médico. El sentimiento de amor de pareja era totalmente nuevo para ella y en su gran inexperiencia, tenía la sensación de que desde que vivían juntos, se había desbocado, iniciando una loca carrera hacia adelante, hacia el futuro, a más. Una locura que Troy no dejaba de alimentar con sus detalles, con sus mimos, con su permanente disposición. Había conseguido que su imagen creciera ante ella, que se magnificara de tal forma que solo su presencia, solo con verlo, el clima interior de Patty se transformaba. No hacía falta ni que sonriera. En realidad, no hacía falta ni que él se diera cuenta de que ella estaba allí, como ahora.

A pesar de saber que la habían cazado *in fraganti*, Patty intentó disimular.

—Estaba pensando que como mis perros me huelan, adiós sorpresa.

—¿Con el aire que hay? Imposible. Y déjate de excusas. Estabas pensando que a cuál más bueno, que es lo que estaba pensando yo. Tengo que reconocer que esas protecciones que usa para montar le quedan de miedo —respondió Trish con su vocecita dulce.

Le quedaban brutal. No eran como las que usaba en el rodeo, estas no tenían tachuelas ni flecos, ni eran de cuero repujado. Tenían el mismo corte de los pantalones vaqueros que protegían, y aunque eran lo bastante holgadas para facilitar el movimiento, perfilaban bien sus piernas. Y también un trasero que Patty nunca se cansaba de mirar, aunque ahora la *parka* obstaculizara la contemplación de semejante maravilla.

—No queráis saber en qué estaba pensando yo —volvió a intervenir Adam de guasa total, haciendo que Patty apartara la mirada de aquellas vistas posteriores que la estaban acalorando a la velocidad del rayo.

Trish se apiadó de su amigo. Se dio vuelta a mirarlo:

—¿En que ellos están ahí fuera y tú aquí, con nosotras? Si no es así, deberías pensarlo. Porque eres tú quien va con las dos chicas más guapas del lugar. A ellos solo los siguen tres perros. Preciosos, eso sí, pero perros al fin.

Adam discrepaba. Totalmente. No había dos chicas guapas, sino una. Una sola y la palabra no era guapa, sino hermosa.

—Ya, ya. Tú cómeme la cabeza que yo soy tonto y no me doy cuenta de nada.

—Eres un encanto de hombre y lo sabes, Adam —sentenció Trish.

Un encanto de hombre *como amigo*. Él se limitó a ofrecerle una sonrisa de compromiso.

—De todas formas —continuó Trish, dirigiéndose a su amiga—, la sorpresa está estropeada porque si ellos ya están en la cantina y tú aquí, ¿cómo te las vas a arreglar para entrar sin que te vean?

—Puede entrar por la cocina —apuntó Adam.

—¿Y mis perros, qué? Allí dentro no hay viento. En cuanto ponga un pie en la cocina, lo sabrán y vendrán a por mí —la muchacha soltó un bufido–. Qué mierda. Hoy parece que todo sale mal.

La noche anterior había dejado una capa de nieve de varios centímetros sobre el suelo, lo cual ya constituía un obstáculo importante para sus planes. Con ayuda de Trish y Adam, había conseguido sortear el impedimento y cuando estaban manos a la obra, había empezado a levantarse viento. Ahora, hacía frío y corría un aire helado nada propicio para lo que llevaba días tejiendo con detalle, y Troy ya estaba dentro de la cantina. Y ella, fuera.

—No te desesperes. Creo que tengo la solución. ¿Me pasas mi bolso, Adam? —Cuando él se lo entregó, Trish sacó el móvil bajo la mirada expectante de sus dos acompañantes. La de Patty también mostraba un punto de desesperación; no podía creer que despúes de tanto jaleo como el que había organizado, todo estuviera a punto de irse al garete.

Trish seleccionó un número de la memoria y esperó.

—Mami, necesitamos tu ayuda —dijo, en cuanto Blanche atendió la llamada.

Unos minutos después, dentro de la cantina…

Los camareros de turno iban y venían atareados. Si en primavera y en verano las actividades principales que se desarrollaban dentro de las fronteras de Lone Star atraían a los turistas; en otoño y en invierno estaban a tope de demanda las que sucedían fuera, en la estación de esquí de sus socios, los Jensen y, en general, en todo el ecosistema de Yellowstone. La escuela de rodeo había venido a sumar demanda todo el año, por lo que las épocas tranquilas en Lone Star, que ofrecieran el necesario respiro al personal, estaban empezando a ser historia del pasado. Tanto la cantina como el restaurante estaban al completo y detrás de la barra, no daban a basto. De modo que Jared, había abandonado la larga mesa que ocupan los jinetes y aspirantes a jinete y se había puesto a echarles una mano.

Lucy ponía platos sucios en un contenedor con un brío que denotaba su malhumor por lo que Jared servía bebidas a distancia prudencial. No fuera que en uno de sus movimientos, "depositara" uno sobre su cabeza y lo dejara inconsciente.

—Me gustaría saber dónde se ha metido tu hermana —se quejó Lucy—. Lleva hora y media desaparecida.

Jared tenía una ligera idea al respecto, que por supuesto no podía compartir (¡aunque ganas de irse de la lengua no le faltaban!), pero también le había sorprendido no encontrarla en la cantina. Evidentemente, algo había retrasado al "equipo de limpieza".

—Diría que resolviendo sus diferencias con Nat en un combate sin árbitro al mejor de veinte asaltos —rió ante su propia ocurrencia—, pero él está aquí, así que…

—¿Resolviendo, dices? ¿Tú crees que él tiene interés en resolver algo? No creo que ni siquiera le dé para pensar que hay algo "roto", menos que el tema vaya con él… Es tu amigo y seguro que no es mal tipo, pero a mí me parece que se lo tiene muy creído —dijo la joven cuando ya se alejaba hacia la puerta del final de la barra que conectaba con la cocina.

Jared continuó sirviendo las comandas de bebidas que empezaban a acumularse y no lo dijo en voz alta, pero lo pensó.

"Tranquila, que ya se ha dado cuenta de que ha roto algo".

Al otro lado del salón, sentado entre Nat y el instructor invitado, la estrella del rodeo especialista en laceo Fred Mullins, Troy socializaba con sus alumnos. O mejor, intentaba entretenerse para no pensar en que seguía sin tener noticias de Patty. Consultando la web, había visto que había retrasos por cuestiones meteorológicas. Intentaba tranquilizarse pensando que en cuanto el avión tocara tierra en Denver y pudieran volver a conectar los móviles, ella lo llamaría. Desde que la había dejado en el aeropuerto a las siete de la mañana, estaba insoportable y la ansiedad añadida por los retrasos no ayudaba nada. Era la primera vez que se separaban en ocho meses y no había contado con llevarlo tan mal. Menuda semanita le esperaba. Porque si así estaba el primer día, no quería imaginar cómo estaría cuando el desasosiego de un día, se sumara al siguiente, y al siguiente, y al siguiente… El sonido de su móvil lo trajo de regreso a la realidad con el corazón latiendo enloquecido en el pecho. Atendió sin mirar y la locura se expresó a sus anchas.

—Ay, preciosa, qué ganas de oírte… ¿estás en Denver ya?

La voz que respondió le confirmó que se había equivocado de interlocutor.

—*Gracias por el cumplido, cariño mío, pero lamento informarte que no soy tu "preciosa". Espero que la desilusión no te mate.*

Pues casi que sí, pensó el jinete. Naturalmente, intentó disimular.

—Perdona, Blanche. Patty debería haber llamado ya y pensé que era ella… ¿Qué me cuentas?

—Bueno, sin el menor interés de complicarte el día con mis problemas, te diré que estoy aislada en mi propia casa. Con el postre listo para tus estudiantes, dos tartas de manzana y una de whisky que me han quedado de rechupete, y sin vehículo para bajarlas hasta la cantina. ¿Y por qué sucede eso en una familia con cuatro coches? Verás, mi adorado marido sigue jugando al minigolf cuando debería haber llegado hace una hora… Bueno, lo de jugar al golf, no sé yo, porque entre este aire tan malo que corre y Frank que no es ningún Tiger Woods, creo que más bien se estará dedicando al arte de perseguir pelotas campo a través, pero bueno, el médico le ha dicho que haga ejercicio y correr pelotas seguro que cuenta como tal. No le digas esto, ¿eh?, que él cree que es buenísimo dándole a la pelotita con el palo —la risa divertida de la mujer hizo sonreír a Troy—. La cuestión es que ni mi marido ni su coche están aquí. Mi hijo Jared, como de costumbre, no hace puñetero caso de su móvil… Me pregunto para qué lo tiene… Y mi queridísima niña que esta mañana se ha llevado mi coche y me ha dejado el suyo, vete tú a saber por qué, resulta que también se debe haber llevado las llaves de su coche. He dado vuelta la casa y no las he encontrado. Total que aquí estoy, buscando a un buen samaritano que se apiade y me venga a recoger. ¿Harías eso por mí, cariño?

Troy ya se había puesto de pie y cogido su abrigo del respaldo de la silla cuando respondió:

—Claro que sí. En cinco minutos me tienes allí, Blanche.

Nat miró a su amigo.

—¿Todo en orden?

Troy le palmeó el hombro.

—Sí. Voy a por Blanche, enseguida vuelvo.

Nat asintió pensando que algo había sucedido. Se suponía que Patty estaría en la cantina cuando ellos llegaran, y no solo no había sido así, sino que Trish brillaba por su ausencia con lo cual el servicio de la barra estaba colapsado. Y más que lo estaría: que Jared Montgomery se hubiera puesto a echarles una mano a los camareros solo podía empeorar las cosas.

El que espera desespera y eso era exactamente lo que sentían al menos dos de los ocupantes del Honda Odyssey rojo, propiedad de Blanche Montgomery.

Poco después, vieron que la puerta de la cantina se abría y Troy se dirigía al aparcamiento seguido de los tres canes.

—Uffff… Menos mal —se oyó decir Patty, envuelta en un suspiro aliviado.

Trish esbozó una sonrisa triunfal.

—¿He dicho o no que mi madre es única?

Adam puso el punto fúlmine al momento cuando tras asomar la cabeza por la ventanilla y mirar al cielo, comentó:

—No quiero ser pájaro de mal agüero, pero ¿habéis visto lo negro que se está poniendo?

—Adam… —se quejó Trish.

Él aguantó la risa.

—*Vaaale*, le diré al señor de la lluvia que hoy no se le ocurra darse un garbeo por Lone Star. Con suerte, igual me hace caso.

Patty se echó un último vistazo en el espejo del baño de señoras. Para haber estado trabajando como un estibador del puerto las últimas dos horas, su aspecto no era del todo terrorífico. El cabello estaba bien, suelto y más rizado que de costumbre gracias a la tecnología -también más revuelto por el viento-, pero aceptable, el jersey blanco de cuello bote se había librado de los efectos de la nieve y el barro porque ninguno de los tres "limpiadores" se había quitado el abrigo. Los vaqueros, en cambio, no habían sobrevivido intactos, pero los había cambiado por unos negros, entallados, que llevaba en la maleta que nunca llegó al mostrador de facturación. Unas botas planas forradas de piel por dentro, completaban el conjunto. La cadena de plata que siempre llevaba expuesta de la que normalmente colgaba el anillo de pedida, hoy la había puesto por debajo del jersey. No quería oír alguna de las típicas bromas a las que eran tan afectos los amigos del jinete. Bromas a las que Troy -en otra prueba más del increíble hombre que era-, respondía con una sonrisa y la misma frase de siempre: "Sí, colegas. Toca seguir haciendo mérito, pero ¿qué tío en su sano juicio no lo haría por una mujer así?". No tenía absolutamente nada que ver con hacer mérito. En realidad, no tenía absolutamente nada que ver con Troy, sino con ella. Con su desconfianza visceral hacia todo y hacia todos, con su miedo a exponerse. A ser vulnerable y a que volvieran a hacerle daño. Demonios personales a lo que ella había tomado la determinación de enfrentarse en una pelea a vida o muerte aquel día de Navidad, cuando Troy le había prometido que nunca dejaría de tirar de ella.

Y en eso estaba ahora, precisamente; plantándole cara a sus demonios.

Patty exhaló un suspiro. Cuando entró en la cantina por la puerta que comunicaba con el restaurante estaba nerviosa, helada y se sentía muy rara.

Amigos y compinches le dieron una bienvenida calurosa, que Patty devolvió con cierta incomodidad. Al fin, ocupó su sitio -o mejor dicho, el de Troy- junto a Nat que, de inmediato, hizo los honores.

—Hola, guapa. Al fin. Empezaba a preguntarme qué te había pasado… ¿No conoces a Fred, verdad? —dijo señalando gentilmente al hombre que estaba sentado a la derecha de Patty.

Corpulento, cuarentón y con pinta de mujeriego. La primera impresión de Patty no fue buena. Sabía, sin embargo, que a nivel profesional el tipo era un as.

—Personalmente, no. Soy Patricia Jones —se presentó.

Ella no tenía gran entrenamiento en esas lides, pero la mirada de aquel individuo la estaba desnudando por lo que la conclusión era clara: si sabía quién era, le daba igual. Aunque también era probable que no lo supiera…

—Así que tú eres la famosa Patty —respondió Fred Mullins, corroborando las peores sospechas de la muchacha.

Él, en cambio, se había llevado una impresión estupenda. La chavala estaba en forma, tenía dos buenas tetas y según le habían advertido, mucho carácter. A su modo de ver, la combinación perfecta.

Patty no solía tener miramientos con la imbecilidad masculina. Porque había que ser muy imbécil para tirarle los tejos a la novia del que le daba trabajo, sabiendo que era su novia. ¿O acaso la había tomado por una ternera y también se proponía lacearla? Su acidez no tardó en mostrarse.

—Soy Patricia y lo de la fama no me consta. A menos que ser la novia del campeón Troy Donahue me convierta en famosa. Francamente, lo dudo mucho. Me confundirás con otra persona.

Nat que había esperado las malas pulgas de la muchacha con muchas ganas (porque lo divertía enormemente), asintió con la cabeza en un gesto de aprobación.

—Desde luego, te la ha clavado hasta el fondo, tío —le dijo al especialista en laceo.

Mullins aceptó el varapalo con deportividad, pero no hizo comentarios. Cosa que Patty agradeció porque entre lo nerviosa que se sentía y la poca paciencia que tenía con la estupidez humana, la cosa no pintaba bien.

Entonces, se encontró con un vaso de refresco frente a los ojos.

—Toma, bebe un poquito y no te preocupes —le dijo Nat en tono de confidencia—. Para Troy ya será perfecto en cuanto ponga un pie en la cantina y te vea aquí —sonrió cómplice—. Luego me matará por estar en el ajo y no decírselo, pero bueno, ya cruzaremos ese puente cuando lleguemos a él.

Patty respiró hondo, aceptó el vaso de refresco y agradeció con una ligera sonrisa aquel gesto del mejor amigo de Troy.

Para el jinete fue mucho más que perfecto verla allí. Fue locura y emoción y un montón de sentimientos a flor de piel que, simplemente, lo desbordaron. Se olvidó de las tartas que portaba, que dejó arrumbadas sobre una de las mesas que halló en su camino. Se olvidó de Blanche y de que la cantina estaba a tope. Se olvidó de todo y se dirigió al lugar donde estaba su chica, con grandes zancadas y una sonrisa inmensa que hablaba claro tanto de su grado de locura como del nivel de su incredulidad.

—Eh, nena, no sé por qué estás aquí y no en Denver, pero ¡joder, si me alegro! —Patty ya se había incorporado y él apartó la silla y no se cortó: la rodeó por la cintura, la levantó en el aire y dio vía libre a sus sentimientos.

—Más te vale alegrarte, Troy, y alegrarte mucho, mucho, mucho —murmuró Patty.

—Estoy loco de alegría, ¿no se nota? —Le plantó otro beso caliente tras el cuál continuó mostrando su preocupación—: ¿Por qué estás aquí cuando deberías estar camino del rancho Brady? ¿Ha pasado algo? ¿Estás bien?

¿Y cómo no iba a estar bien si Troy la abrazaba y la besaba y le volvía a demostrar una y otra vez lo importante que era para él?, pensó la muchacha.

—Será que no puedo estar lejos de ti —ironizó, y lo que había pretendido ser una broma, acabó desatando otro arranque apasionado en el jinete, que volvió a besarla como si no hubiera un mañana.

Las bromas no tardaron en llegar y Jared, desde la barra, se puso a chiflar como si estuviera presenciando una final de baloncesto.

—Tío, no armes jaleo, ¿quieres? —intervino Nat, dando tironcitos al abrigo de su amigo para que dejara de dar el espectáculo—, que como nuestro querido socio se anime, salimos en las noticias.

En realidad, el que se estaba animando era Troy. Aquel pensamiento pícaro hizo sonreír a Patty porque era cierto. Había muchísima alegría en él, pero que sus besos se convirtieran en mordiscos y su lengua se demorara acariciándole los labios, era señal inequívoca de que el jinete empezaba a calentar motores.

—Bájame —murmuró Patty.

—No hasta que me digas qué ha pasado —Troy volvió a besarla—: Y luego ya me pensaré si te devuelvo al suelo o no.

Patty le echó una mirada de refilón, dulce como la miel, aunque pretendió ser una regañina.

—Bájame, Troy. Todo el mundo nos está mirando.

Pero él no movió una pestaña. Su permanente ternura, ahora un poquito teñida de pasión, continuó sobre Patty, a su alrededor, encima… en todas partes, calentándole el corazón. Al fin, ella claudicó:

—¿El primer especialista viene a dar clases en Lone Star y yo me voy a la otra punta del país? ¿En serio? En una realidad paralela, quizás. En esta, no.

El rostro de Troy se derritió de amor.

—Pero nena…

—Nada de "nena", vaquero. Y bájame.

—No quiero interrumpir un momento tan romántico —intervino Trish, aparecida de la nada—, pero estamos a punto de empezar a servir y mi padre tiene que dar su discurso todavía.

Los ojos de todos se desviaron hacia ella. Y los únicos que a Trish le interesaban de verdad, también, lo cual le encantó. Muy a su pesar, le encantó que Nat reparara en ella.

—¿Pero tu padre no está en el minigolf? —preguntó Troy, cada vez más perdido.

—Estoy aquí, hijo, disfrutando de tu espectáculo desde que empezó —replicó el interesado, ahora de pie junto a su hija y a su esposa. Había seguido los últimos acontecimientos parapetado al otro lado de la puerta que conectaba la barra con la cocina, que había mantenido abierta lo bastante para no perderse nada.

Ese fue el momento en que Troy comprendió que algo se estaba cociendo y su rostro denotó con claridad el maremoto que sacudía su corazón.

Miró a Blanche, emocionado.

—Menuda encerrona —le dijo.

La mujer esbozó una gran sonrisa.

—Bueno, una mentirijilla de tanto en tanto y cuando la causa lo merece, es bueno para la salud. ¡Doy fe; me siento fabulosa!

—Cariño, *eres* fabulosa —sentenció Frank, poniendo el punto romántico al momento.

—¡Mira la que habéis liado! —intervino Jared—. Ahora todo el mundo se pondrá tiernito y yo voy a tener que buscarme una candidata para no ser menos. ¿Hay alguna postulante por aquí? ¡Venga, anímense, señoras, que ésta es una oferta irrepetible! —exclamó en voz alta dirigiéndose a los asistentes del salón.

Todos reían a cuenta de las ocurrencias del bufón del rancho. Todos, excepto Nat que se puso la mano a modo de anteojera y exhaló un suspiro.

—Troy, por favor, haz que se siente y se calle, que ya lo veo subiéndose a la barra y organizando una subasta.

Las carcajadas arreciaron en el sector de la mesa próximo a Nathaniel que había podido oír su súplica. Patty se había tentando de la risa y no solo por las palabras del jinete, sino por su cara de desesperación.

No fue la única mujer en festejar aquella más que oportuna frase. Por primera vez en mucho tiempo, la reacción de Trish no fue fría ni telegráfica ni seca: tuvo que bajar la cabeza para que Nat no la viera sonreír.

Después del discurso de bienvenida a Lone Star que Frank Montgomery ofreció a los estudiantes de la escuela de rodeo, se empezó a servir el cordero asado acompañado de patatas y suflé de verduras. El ambiente era alegre y la conversación, generalmente sobre rodeo, muy animada. Troy se sentía a gusto, era evidente, pero también algo ansioso. Sin embargo, los estudiantes no dejaban de hacer preguntas, interesándose por todos los aspectos de la vida de un jinete de rodeos, con lo que no había ocasión de que fuera él quien formulara el millón de preguntas que le pasaban por la cabeza y que tenían por destinataria a una sola persona, su chica.

Había detectado ciertos cruces de mirada, ciertos comentarios que le confirmaban que encontrarse a Patty en la cantina no era todo, que su sorpresa no acababa ahí. A veces, los intercambios eran entre Patty y Trish; otras, implicaban a Blanche e, incluso, al mismísimo Frank.

Así las cosas, Troy recibió con alivio el momento en que Trish se acercó donde él estaba. Notó que traía el abrigo de Patty y ¿también su bolso?

—Tus cosas —le dijo la joven a Patty, simplemente, al entregárselas. Troy vio que su novia se ponía de pie.

—¿Está todo? —quiso saber Patty.

Trish asintió enfáticamente. En su rostro lucía una sonrisa que hizo que a Troy se le cerrara la boca del estómago de puro nervio. También se puso de pie.

—¿Vas a alguna parte? —le preguntó a su chica con cara de "por favor, está a punto de darme un infarto".

Ella asintió.

—Vamos —aclaró—. Tú y yo.

Adam, que hasta el momento había seguido los acontecimientos desde la otra punta de la mesa, aprovechó la ocasión.

—Que sepas que hablé con quien tú sabes y me hizo caso —le dijo a Patty—. Fuera hace frío, pero, al menos, no llueve. Así que espero que lo tengas en cuenta y quedemos en paz.

Se refería al pésimo comienzo que Adam había tenido con ella. Hacerse el gracioso, imitando a Troy, le había salido caro.

Trish le obsequió una mirada tierna a su amigo.

—¿Crees que te habría dejado participar si no estuvierais en paz? —le dijo—. Ya se le ha pasado, Adam.

Los ojos del treintañero se desplazaron de Trish a Patty, quién asintió con la cabeza varias veces, corroborando que aquel asunto había quedado atrás.

Los perros ya estaban en pie con las orejas muy tiesas y también se pusieron en marcha en cuanto sus amos dieron el primer paso. Entonces, Troy se llevó la tercera sorpresa de la mañana.

—No, pequeños —dijo Patty acariciando por turnos la cabeza de los tres canes—, vosotros os quedáis aquí, con Trish. Tranquilos, que en un rato volvemos.

—¡Sí, venid conmigo, que por ser hoy estoy autorizada a daros algo muy rico! —Snow miró a su dueña y al ver su gesto de aprobación, siguió a Trish hacia la parte posterior de la barra. Boy y Lobo lo imitaron al instante.

Cuando Troy y Patty abandonaron la cantina, las risas y las preguntas habían vuelto a empezar en la larga mesa de veinte comensales.

Troy no dejaba de mirar a Patty cada vez más alucinado, cada vez más emocionando y más nervioso. Iban en el inmaculado coche de Blanche y suponía que esa era la razón de que, por una vez, Patty hubiera dejado a sus inseparables compañeros peludos al cuidado de Trish, pero le sorprendía que alguien blindado como su chica, hubiera implicado a otras personas para llevar a cabo sus planes.

Cuando sus miradas se cruzaron por enésima vez y ella se detuvo frente a la verja cerrada con candado, a Troy se le disparó el corazón.

Patty le hizo un guiño.

—Paciencia, *precioso* —le dijo y echó a reír.

Después de entrar en la propiedad privada y volver a cerrar la verja tras de sí, la pareja reanudó camino. El mismo camino que habían recorrido con anterioridad, hacía casi tres meses.

Tal y como Adam había anticipado, aquel día que había empezado horroroso, amenazando con estropearlo todo, se había convertido en un día frío pero con el cielo cada vez más abierto. Tanto, que parecía que acabaría por salir el sol.

Recorrieron el mismo camino ascendente hasta el final, aparcaron en el mismo sitio que la última vez y comenzaron a subir los peldaños que conducían al mirador de Blanche Montgomery.

Troy ya había notado las huellas de neumáticos a lo largo del camino. Pertenecían a un solo vehículo y eran recientes. Al llegar a la escalera y ver la nieve acumulada a cada lado de los peldaños, miró a su chica, cada vez más asombrado.

—¿Has estado quitando la nieve?

—Si se congelaba no íbamos a poder subir... —De acabar aquella tarea venían, precisamente, Trish, Adam y Patty cuando vieron que jinetes y aspirantes a jinete habían llegado a la cantina con varios minutos de adelanto a lo previsto.

Así que subir al mirador de Blanche Montgomery era una parte lo bastante importante del plan como para que su chica se hubiera tomado el trabajazo de retirar la nieve de los peldaños... Fue pensarlo y sentir que su corazón empezaba a latir enloquecido.

Cuando al fin llegaron a la cima, también había una senda libre de nieve en medio de la explanada que llegaba hasta el lugar del muro que habían ocupado la última vez. Ahora, a la luz del día y con la primavera en ciernes, las vistas eran incluso más espectaculares. Podía apreciarse el gran contraste de colores que caracterizaba el Rancho Lone Star, el verde brillante de los nuevos brotes que llenaban los numerosos arbustos de la zona y el blanco refulgente de la nieve, otorgándole al conjunto su toque mágico.

Intercambiando miradas ilusionadas -las de Troy también teñidas de un creciente asombro-, la pareja se dirigió hacia el pequeño muro que cerraba el contorno del mirador. Una vez allí, Troy miró a su chica con una sonrisa.

—Te dejé en el aeropuerto esta mañana pensando que no volvería a verte en once días, y te me apareces aquí… Y ahora, me traes a este lugar único… Si querías sorprenderme, ¡bingo! No entiendo una palabra de lo que pasa, pero me encanta. Gracias, por lo que sea que te traigas entre manos, nena.

—Bueno, no adelantes acontecimientos, que igual no te encanta tanto… —lo miró de refilón. Él continuaba con su sonrisa tierna y sus ojitos de niño ansioso por conocer la sorpresa.

Lo había dicho por decir, estaba claro. Era su plan y le tocaba mover ficha, sin embargo, se sentía nerviosa.

Pero odiaba estarlo.

Patty se descolgó el bolso de la espalda, lo abrió y sacó algo. A continuación, dejó el bolso en el suelo y abrió la palma de su mano, mostrando lo que sostenía. Los ojos de Troy brillaron al reconocer su regalo de Navidad. Abrió la tapa; el anillo de pedida estaba allí.

Troy alzó la vista y en su rostro ya no había sonrisas, sino emoción y toda la solemnidad que implicaba un momento tan importante como aquel.

Ella en cambio no estaba seria. Entonces más que nunca, necesitaba ser la Patty de siempre. La que ironizaba y reaccionaba de forma inesperada.

—¿Te resulta familiar? —El jinete asintió sin dejar de mirarla—. Vale, y… ¿Te sigue encantando hasta aquí?

—No te imaginas cuánto.

El aire echó un mechón de cabello sobre la cara de Patty, que lo apartó y se lo puso detrás de la oreja con un movimiento nervioso. Notó que los ojos del jinete la miraban fijamente, expectantes.

—Pues que sepas que hay más —le advirtió—. ¿Seguro que tu corazón está en forma? No vaya a ser que te dé un jamacuco[3] y tenga que cargarte a hombros escaleras abajo…

"¿Había más? ". Troy exhaló un suspiro. La besó con la mirada, pero no dijo ni una sola palabra.

Patty asintió. Tocaba seguir moviendo ficha y como cada vez estaba más nerviosa, respiró hondo.

—Siento que ha llegado la hora de que esa maravilla de anillo deje de colgar de mi cadena —volvió a asentir dándose ánimos para continuar—. Pero lo que implica sigue siendo un salto al vacío para los dos y creo que nos vendría bien echar mano de un poco de psicología. Algo que nos ayude a quitarle hierro al asunto, a acostumbrarnos a la idea y que no resulte, ya sabes, tan *brrrrrrrrrrr…* —lo miró a los ojos—. ¿Vamos bien hasta aquí?

Troy no respondió y a Patty no le hizo falta oírlo para saber lo que sentía, lo que pensaba. En cambio, él volvió a respirar hondo solo por insuflar aire en los pulmones. Llevaba un rato respirando con la mitad de los pulmones, atento a cada movimiento de aquellos labios hermosos, a cada palabra que Patty pronunciaba. Cada vez más

---

3 Jamacuco: (coloquial) indisposición pasajera.

emocionado. Cada vez más enamorado, más ilusionado, más loco por ella.

—Eso es que sí —murmuró la joven—. Vale.

Volvió a buscar algo dentro de su bolso. La palma de su mano expuso una segunda caja de terciopelo.

—Entonces, también me traigo esto entre manos.

Troy tomó la cajita y la abrió. Dos anillos de oro blanco quedaron a la vista. Eran alianzas y el corazón del jinete acusó recibo. Sus ojos brillantes de emoción acariciaron el rostro femenino.

Ella hizo un mohín cómico.

—He pensado que si nos acostumbramos a verla en la mano "menos seria", cuando toque llevarla en la otra, el salto no parecerá… tan terrorífico —se encogió de hombros—. ¿Tiene algún sentido para ti?

Nada en toda su vida había tenido tanto sentido para Troy. Nada en toda su vida había significado tanto. Había imaginado aquel momento de muchas maneras, todas superrománticas, todas superapasionadas. Pero en ninguna de ellas era Patty quien tomaba la iniciativa. Desde el principio, Troy había asumido su papel de tractor oruga y, aunque no había nada que deseara más que verla superar sus miedos y abrazar el futuro con esperanza, sabía que existía la posibilidad de que ella nunca lo consiguiera de todo. No había contado con que Patty tomara el buey por las astas y la sorpresa estaba siendo mayúscula. Una conmoción en toda regla.

Troy respiró hondo varias veces, como si por más que lo intentara, no capturara suficiente aire. Sacudió la cabeza y al fin, volvió a mirarla.

—¿Sabes una cosa, nena? Ahora el que necesita un minuto soy yo. Y lo digo muy en serio.

Acto seguido, se puso de cuclillas, apoyó los codos sobre sus muslos, intentando recuperarse. Respiraba hondo una y otra vez mientras hacía rotar las cajitas, pasándolas de una mano a la otra. Sin embargo, sus ojos no prestaban atención al movimiento; miraban al suelo. Patty lo miró enternecida. Menudo efecto había tenido su sorpresa, pensó. Se puso de cuclillas frente a él, pero no se atrevió a tocarlo de momento.

—Eres un tipo increíble, Troy. De verdad que sí… ¿Seguro que no eres marciano?

Troy no respondió. Ensayó una sonrisa, pero continuó centrado en respirar. En hacer que el corazón bajara de la garganta donde había trepado y regresara a su lugar.

Tras unos instantes durante los cuales Patty no apartó sus ojos de él, Troy alzó la cabeza y no se anduvo con rodeos.

—Se nos da bien entendernos con indirectas —murmuró, todavía visiblemente afectado—. Muy bien. Y me pondré tu anillo en la mano que quieras, cuando tú quieras, y seré el tipo más feliz del mundo, pero *necesito* hacerte la pregunta aunque te asuste y a mí me aterrorice. Porque *necesito* oír la respuesta… —La mirada de Troy acarició el

rostro femenino lentamente antes de regresar a sus ojos—
¿Quieres casarte conmigo, princesa?

Patty no pudo evitar que una sonrisa se dibujara en su rostro. Y esta vez no era displicente ni burlona. Era tonta. Muy tonta. Del tipo de sonrisa que toda mujer enamorada reconoce haber tenido al menos una vez en su vida. Aparece sin más y cuando te das cuenta, ya es demasiado tarde para disimularla. En el caso de Patty, con mayor razón: estaba muy enamorada e, incluso tratándose de alguien nada romántico, todo lo que venía de Troy llegaba amplificado por el valor excepcional de la "primera vez".

—¿Si te digo que sí lo resistirá tu pobre corazón? —murmuró, recurriendo a la indirecta otra vez en un intento de mantener a raya la emoción.

Su "pobre corazón" tendría que aguantar firme porque Troy llevaba mucho tiempo soñando con este momento y no pensaba perdérselo bajo ninguna circunstancia.

—Probemos a ver…

Patty sonrió. Le hacía gracia que él la imitara. Parecía como si hubieran intercambiado los papeles; allí, de cuclillas, indiferentes al paraíso que los rodeaba, sumergidos en su propio universo, ella se había puesto a los mandos del tractor oruga (¡verlo para creerlo!) y era él quien intentaba recuperarse del *shock*.

—Entonces, te lo digo: sí, quiero casarme contigo.

Troy exhaló un suspiro y luego otro. La sonrisa había vuelto a hacer acto de presencia en su rostro varonil y eso animó a Patty a continuar.

—Esto es lo que más deseo y no irme a la otra punta del país, Troy. Algo de lo que probablemente habría tardado en darme cuenta si no hubiera sido por tu regalo de *anivermes*. —Patty bajó la cabeza, algo descolocada—. Chaval, qué raro me resulta todo lo que estoy haciendo. Por no hablar de estar haciéndolo… Eso es lo más raro de todo.

—¿Raro, dices? Lo que es raro es que estemos hablando de lo que estamos hablando de cuclillas en el puñetero suelo de este mirador. Esto sí que es raro… Como trascienda, las bromas nos perseguirán el resto de nuestra vida…

Troy se incorporó conservando las cajitas en una de sus manos. Le ofreció a Patty su mano libre para ayudarla a ponerse de pie.

—Las preguntas no han acabado todavía…

Un escalofrío recorrió a Patty de la cabeza a los pies.

—¿Ah no?

Troy negó con la cabeza. Todavía quedaba una pregunta tan importante como la primera. Posiblemente más.

Se miraron brevemente, con los nervios a flor de piel.

El jinete tampoco se anduvo con rodeos esta vez:

—¿Cuándo? —murmuró.

Toda una pregunta, desde luego. Cuánto habían cambiado las cosas entre los dos en unas cuantas semanas. A Patty le había tomado seis meses tener las certezas necesarias como para abrirle la puerta de su mundo más personal y dar el paso de vivir juntos. Incluso había necesitado un empujón extra: aquella conversación hombre a hombre entre Mark y Troy, de la que había sido testigo accidental. A partir de entonces, todo se había precipitado. La conciencia de lo que sentía venía como en flashes, como piezas del rompecabezas que aparecían de repente y se colocaban en su sitio haciendo que el conjunto cobrara fuerza y significado. De pronto, algo que Troy hacía o decía era el catalizador de sucesos inesperados. Se descubría pronunciando en voz alta las palabras "te quiero", o como en este caso, cuando se disponía a confirmar las fechas del viaje, ilusionada ante la alternativa de poder estar con los suyos y conocer a los nuevos miembros de la familia, caía en la cuenta de que no era eso lo que más deseaba. En apariencia, lo era. Hasta él lo había dicho al regalarle el pasaje de avión. "Creo que lo que más deseas en este momento es esto". Darse cuenta de que le pesaba demasiado dejarlo, de que la ilusión se ensombrecía completamente ante la realización de que estarían once eternos días separados, que no podría acompañarlo en un día tan importante como recibir al primer especialista en la escuela… Darse cuenta de todo eso, había hecho inevitable que se preguntara qué era lo que en realidad deseaba. Y como la pieza del rompecabezas que cae justo en su lugar, la respuesta surgió clara en su mente. Como si hubiera estado allí siempre. Todo lo que había venido después había surgido con la misma claridad: devolver el billete del que había logrado recuperar solo el ochenta por ciento del importe, planear su siguiente paso, hablar con los Brady, comprar los anillos, preparar la sorpresa, sortear los obstáculos climatológicos y durante todo el tiempo, disimular para que él no se diera cuenta de nada mientras por dentro se moría de ganas de contárselo.

Así que esto tampoco necesitaba meditarlo.

—Cualquier día. Cuando surja igual que siempre han surgido las cosas entre los dos hasta ahora. Sin planes ni presiones ni expectativas familiares. Solo tú y yo, listos para saltar al vacío —fue la sencilla, pero demoledora respuesta de la muchacha.

Troy soltó el aire en un suspiro. La abrazó como si le fuera la vida en ello. Un instante después empezó a enredar besos con palabras.

—Pellízcame fuerte, preciosa, y dime que no estoy soñando.

—¿Y si en vez de pellizcarte...? —murmuró ella, respondiendo a sus besos. Pero no completó la frase.

Troy no se hizo rogar y como solía suceder, la pareja se enredó en unos de sus toma y daca apasionados.

—Si en vez de pellizcarme..., ¿qué? —susurró él, entre mordisco y mordisco.

—Ahora mismo estoy en un dilema… No sé si voto por seguir con el momento romántico en este lugar tan bucólico o… —le lamió los labios— por seguir con el momento romántico mientras me empotras contra una pared… Vaya dos locos de atar. A ti te ponen las memorias usb y a mí, por lo visto, las alianzas. Qué ironía. Tú… ¿qué dices?

Durante un instante, Patty y Troy se miraron intensamente. Él valoraba la situación; ella simplemente disfrutaba con anticipación. Acababa de lanzarle un órdago, la pelota estaba en su tejado, y le encantaba verlo echar el resto.

Una sonrisa cómplice apareció en el rostro del jinete, agrandándose cada instante que pasaba.

—Habrá que aguzar el ingenio, nena, porque el rancho está muy concurrido hoy… —Y no sonó a inconveniente, sino más bien a aventura.

Pero Patty también se había ocupado de eso. Algo que el jinete comprobó de inmediato cuando vio que ella agitaba graciosamente una llave frente a sus ojos. El asombro de Troy volvió a crecer en cuanto reconoció el emblema de Lone Star en el llavero.

—¿Has alquilado una cabaña?

Ella asintió varias veces con la cabeza pensando que la cara del jinete era un poema.

—Y no una cabaña cualquiera, vaquero; tu antigua cabaña. Es nuestra todo el fin de semana.

—*¡Wuo-jou-jou!* —exclamó Troy al tiempo que soltaba un puñetazo al aire.

Un instante después, guardó las dos cajitas de terciopelo en un bolsillo de su abrigo con movimientos teatrales que la hicieron reír, tomó la mano de Patty y los dos echaron a correr escaleras abajo riendo como dos adolescentes locos de amor.

Cuando la pareja regresó al mundo real, la clase vespertina acababa de empezar y todos se hallaban encaramados en la tranquera del circuito exterior, mirando cómo Fred Mullins practicaba la técnica de laceo con uno de los alumnos, un veinteañero de cuerpo robusto que había demostrado ser, contra todas las expectativas, bastante ágil y bastante ducho con el lazo.

Sin embargo, los perros habían sido los primeros en detectar la presencia de sus amos cuando todavía no habían entrado a la zona de prácticas y fueron a recibirlos ladrando/aullando y moviendo la cola. Lobo no dejaba de saltar alrededor de la pareja, contagiando a los otros.

—Eh, pequeños, qué alegría tenéis… Pobrecitos, no estáis acostumbrados a que os dejemos —Patty estaba tan alegre como ellos y les acariciaba la cabeza, y palmeaba sus lomos cariñosamente—. Pero no os preocupéis que solo fue esta vez. Ya estamos aquí, pequeños, ya estamos aquí. Venga, vamos a ver qué hacen los demás…

El restaurante había acabado el turno de comidas por lo que Trish también estaba en el circuito exterior junto a Adam. Pronto, regresarían a sus tareas: la muchacha a la cantina y él a guiar al próximo turno de ciclistas de montaña. Muy cerca, rodeado de tres estudiantes, Nat miraba con atención lo que sucedía en el interior del circuito cuando sintió que le palmeaban el hombro.

—Hombre, si es el bicampeón que ha vuelto. Me alegra ver que no te has volatilizado de amor —bromeó Nat—. Hola, guapa. ¿Todo fue según lo previsto?

Ella sonrió, un ligero y extrañísimo rubor se apoderó de sus mejillas al ver la expresión de Troy.

—¿Este lo sabía todo?

—Claro que lo sabía, tío —dijo él, adelantándose a Patty—. Si no ¿cómo se las iba a arreglar para secuestrarte sin que yo le leyera la cartilla? Eres mi socio y hoy hay trabajo que hacer.

Troy se cruzó de brazos, fingiendo sentirse ofendido. En realidad, estaba más feliz que nunca en su vida. Y fue entonces, cuando su mano "menos seria" quedó a la vista, exponiendo aquel sospechoso anillo de oro blanco, que Nat emitió un silbido.

—Joder, hermano. Te juro que no sabía que te iban a echar el lazo, sino la secuestro a ella y la mando devuelta a Arkansas para los restos —le hizo un guiño a Patty que ya se estaba desternillando.

Y fue pronunciar las famosas palabras, que la reacción de Jared no se hizo esperar.

—¿Qué lazo? ¿A quién le han echado el lazo? —dijo dirigiéndose hacia donde estaban Nat, Troy y Patty. Tomó la mano del jinete y abrió los ojos, asombrado. Luego tomó la mano de Patty y demoró medio segundo en empezar a hacer el payaso.

—¡Mira, mira, mira lo que tenemos aquí…..! ¡Qué escondido te lo tenías, ¿eh, señorita?! ¡Un bodorrio en puerta, con lo que me gustan las bodas! Cuando son ajenas, claro, que yo soy libre como el viento y así seguiré… —sacó el móvil y marcó la memoria de su madre—. ¡Tenemos boda, mamá! ¡Si es que ese mirador es peligrosísimo! Dile a papá que se ponga al teléfono, que esta noticia le va a encantar a su corazoncito romántico…

Un instante después, estudiantes, amigos e instructores rodeaban a la pareja para darle la enhorabuena.

—Has resultado ser más rápido de reflejos de lo que esperaba, Donahue —dijo Fred Mullins estrechando su mano al tiempo que le echaba una mirada seductora a Patty que ella recibió con una ceja alzada—. Este mediodía, cuando me paró los pies, se presentó como tu novia y mírala ahora; con dos anillos a falta de uno. Tienes todo mi respeto, vaquero.

Troy echó a reír. Conocía al tricampeón de Wyoming desde hacía muchos años y no le extrañaba que se hubiera tirado un lance. Mucho menos, que Patty lo hubiera sacado con cajas destempladas, lo cual, dicho fuera de paso, le encantaba.

Él rodeó la cintura de su chica con un brazo.

—¿Y cómo no ser rápido de reflejos con una mujer así? —dijo, y sin darle tiempo a reaccionar, le plantó un beso que la dejó sin aire.

Las risas y las bromas volvieron a empezar y dos segundos después, los móviles de la pareja comenzaron a pitar con la recepción de mensajes de felicitación. Docenas de ellos, procedentes de cada rincón del rancho y más allá. Jared había demostrado su eficaz labor de relaciones pública otra vez: la noticia había corrido veloz y en cuestión de minutos, lo sabía todo Lone Star.

Era cerca de medianoche cuando Patty y Troy dejaron a estudiantes, jinetes y amigos bebiendo en un pub de la ciudad y regresaron a Lone Star.

Snow, Lobo y Boy agradecieron el paseo por el bosque y la pareja también agradeció que el día volviera a la normalidad, dentro de lo poco normal que resultaba un día en el que habían sucedido cosas tan importantes para los dos.

Después de dar de comer a los canes, Troy encendió la chimenea y la pareja ocupó sus lugares favoritos en el sofá.

—¿Qué tal sigue tu corazón, vaquero?

Él se apartó el flequillo de la cara con las dos manos y recostó la nuca contra el borde del respaldo. Una sonrisa soñadora iluminaba su rostro varonil, una que Patty podía perfectamente quedarse contemplando extasiada el resto de su vida.

—En las nubes. Como el resto de mí —admitió. Cambió de posición en el sofá de forma de poder mirarla de frente—. Pero, no he visto que hoy hablaras con los tuyos y me pregunto qué va a pasar cuando se enteren… No quisiera que el corazón que empezara a infartarse ahora fuera el de tu padre, nena. O peor todavía, el de tu abuelo.

La mano de Patty acarició el rostro masculino en otra caricia impensada. La sonrisa masculina se hizo más grande.

—Parece que le vas cogiendo el tranquillo —bromeó—. ¿He dicho una tontería o qué?

—Lo saben todo. También lo de tu regalo de *anivermes*. —Sonrió al ver los ojos como platos del jinete—. No hemos hablado porque les he pedido que hoy nos dejaran tranquilos, pero mañana se acaba la tregua.

—¿Lo saben todo, en serio? —Patty asintió con la cabeza—. ¿Y qué dijeron? Nena, por favor, cuéntamelo todo.

—Shannon se puso a gritar de alegría y otro tanto hicieron las demás mujeres de la familia. Las tenía en manos libres y casi me dejan sorda. Como imaginarás, los hombres estaban menos alegres. Mark me preguntó si estaba segura de lo que hacía.

Troy asintió. No le extrañaba para nada, pero convencido de que el mayor de los hermanos Brady no se habría quedado en una pregunta tan simple, esperó a que ella continuara.

Patty se encogió de hombros.

—¿Y ya está? —preguntó el jinete, asombrado.

Ella negó con la cabeza. Señaló con un dedo la alianza de Troy.

—Son un regalo suyo. De Mark —aclaró.

En aquel momento, la emoción se presentó de forma inesperada en Patty, obligándola a hacer una pausa durante la cual el jinete se limitó a mirarla con ternura. Hasta a él le resultaba emocionante saberlo, así que podía imaginar cuánto significaba aquel gesto para Patty.

—Eso sí —continuó la muchacha cuando estuvo segura de que tenía la situación bajo control—, me ha dicho que como en junio no vayamos al rancho, nos viene a buscar personalmente.

Snow había acabado su cena y ocupó su lugar sobre los pies de Patty. Detrás de él, llegaron Snow y Boy que también se echaron frente al sofá.

—Claro que iremos, preciosa —Troy se inclinó y depositó un beso sobre la cabeza de Patty, y de paso, aprovechó para rodearla completamente con sus brazos—. Quiero que sepas que has hecho que este día sea superespecial para mí. Otro más a engrosar la lista de momentos alucinantes que me has regalado. Fue alucinante entrar en la cantina y verte allí, nena. *A-lu-cinante.*

Patty se apretó más contra él. Exhaló un suspiro.

—Lo sé…

—Y fue un subidón que me dijeras que sí.

Esta vez fue Troy quien la empujó suavemente con su propio cuerpo, instándola a que se echara sobre el sofá.

—Lo sé…

Las manos del jinete recorrieron los contornos femeninos lentamente, haciendo sentir su presencia.

— Y todo lo que vino después fue igual de alucinante.

Patty exhaló otro suspiro. Empezó a guiar el movimiento de las manos masculina sobre su cuerpo.

—Lo sé…

—Aissss, nena…

Troy se levantó del sofá y llamó a los perros para que lo siguieran hasta el porche acristalado. Luego, regresó sobre sus pasos, cerró la puerta y la pareja quedó a solas.

Los ojos de Patty lo siguieron hasta que él volvió al sofá. Se estremeció de placer al sentir el peso del cuerpo masculino sobre el suyo.

Las caricias de los dos empezaron a buscar el contacto directo con la piel. Pronto, se deshicieron de la ropa y durante un buen rato, los besos tomaron el lugar de las palabras.

Entonces, él se incorporó apenas un poco sobre un codo y buscó su mirada.

—Gracias por este día, nena… —enredó sus dedos en los dedos de Patty y los besó uno a uno, consiguiendo que se le derritiera el corazón y al mismo tiempo se estremeciera de deseo—. Y por tratarme tan bien, y por quererme tanto… Y por haber traído a mi vida tanta, tanta ilusión. Prometo compensarte con creces, ¿vale, preciosa?

Durante un instante, la pareja permaneció en silencio, mirándose a los ojos. Esperando la reacción del otro.

Y esta al fin llegó por parte de Patty.

Troy se estremeció cuando las piernas de la muchacha le abrazaron las caderas. Una sonrisa sensual se adueñó de su rostro. Tembló de deseo cuando la mano femenina se anunció con fuerza en sus testículos, robándole un gemido.

—Me encanta cuando te pones tierno… —concedió Patty, lloviendo pequeños besos sobre los labios de Troy. Entonces, su mano volvió a anunciarse con fuerza. Esta vez alrededor de su miembro.

—Joderrrrrrr…. —Fue lo que escapó de la boca masculina esta vez. Apretó los párpados con fuerza y respiró hondo.

Ella lo contempló extasiada y se tomó su tiempo, ahondando las caricias, enviándolo al paraíso con cada ligera presión de sus dedos, haciéndolo gemir cada vez lo frotaba arriba y abajo.

—Pero cuando te tengo encima, lo que realmente quiero es que te emplees a fondo —añadió.

—¿Bien a fondo? —dijo él, enredando besos y palabras, confirmando una vez más que se les daba bien comunicarse con indirectas—. ¿Así o más?

Patty contuvo el aliento cuando él entró dentro de ella con fuerza.

—No está mal para empezar… —volvió a conceder, acompañando con ritmo los movimientos masculinos—. Pero seguro que puedes mejorarlo…

Él la estrechó fuerte, rió junto al oído de Patty.

—Probemos a ver… —dijo, imitándola.

Los dos se abrazaron amorosamente. Disfrutando de su cercanía, de esos momentos de complicidad que compartían, que los llenaba tanto y los hacía sentir unidos por lazos invisibles.

Y esta vez, fue Patty la que le regaló un momento tierno.

—Vale, necesitas tu dosis de ternura así que seré buena y te la daré… ¿Te he dicho hoy cuánto te quiero? —Con el corazón latiendo acelerado, Troy buscó su mirada. Negó ligeramente con la cabeza—. Pues te quiero. Te quiero con toda el alma. Te quiero más allá del infinito. Te quiero, te quiero, te quiero…

Él la abrazó muy fuerte. Se dejó arrullar por el inmenso poder de aquellas dos palabras que viniendo de ella significaban tanto para él. Lo significaban todo.

—Y yo a ti, amor. Eres lo mejor de mi vida.

Patty le robó un beso y luego otro y otro más. Y en una clara indicación de que aquello era el fin del momento dulce y de que ya había cambiado de frecuencia, retuvo el labio inferior de Troy entre sus dientes unos instantes. Cuando al fin lo liberó, recorrió el contorno de la boca masculina con la punta de la lengua. Para entonces, las caderas del jinete la embestían con fuerza y ella estrechó el cerco de sus piernas, pegándose a él apasionadamente.

—¿Probamos a ver si hoy mejoramos nuestra marca personal, vaquero? —murmuró insinuante, fiel a su estilo—. La ocasión lo merece. Además, te noto en buena forma y me apetece *muchísimo*.

Aquel "muchísimo" le había sonado a paraíso. La noche prometía, pensó él, ardiendo de deseo. Emitió un silbido cargado de sensualidad que reverberó en el cuello femenino y se extendió a través de todas sus terminaciones nerviosas poniéndolo todo en pie.

—Ya sabes que para mí tus deseos son órdenes —respondió Troy.

Y fiel a su estilo, volvió a hundirse dentro de Patty con fuerza una y otra vez, marcando el ritmo febril de una noche, que tal como sospechaba el jinete, resultó ser mucho más intensa y satisfactoria de lo que prometía.

Sobre Patricia Sutherland

Su estreno oficial en el mundo romántico español tuvo lugar en abril de 2011, de la mano de *Princesa*, una novela que aborda el controvertido asunto de la diferencia de edad en la pareja, y que ha enamorado a las lectoras. Han sido sus apasionadas recomendaciones y su permanente apoyo, las que han convertido a *Princesa* en un éxito y a Dakota, su protagonista, en el primer héroe romántico creado por una autora española que cuenta con su propio club de fans en Facebook.

En noviembre de 2012, *Princesa* obtuvo el I Premio Pasión por la Novela Romántica. En dicho mes, asimismo, fue nominada en tres categorías, Mejor Novela, Mejor Autora Chicklit y Mejor Portada en el marco de los I Premios Chicklit España.

Un año más tarde, en noviembre de 2013, salió *Harley R.*, la segunda entrega de la Serie Moteros de la que *Princesa* es ahora el primer libro, una novela sobre el amor después del desamor y las segundas oportunidades. En febrero de 2014, *Harley R.* resultó ganadora del II Premio Pasión por la Novela Romántica y más tarde fue nominada al Premio Rosas Romántica'S 2013 y a los Premios RNR (Rincón de la Novela Romántica) 2013. Posteriormente, en abril de 2015, salió Harley R. Entre-Historias, un apasionado "spinoff" de *Harley R.* y en diciembre de ese mismo año, lo hizo *Lola*, la tercera entrega de la Serie Moteros.

Su último trabajo es *El último mejor lugar*, la única novela independiente que la autora ha publicado hasta el momento, que vio la luz en septiembre de 2016.

También es autora de la serie romántica Sintonías, compuesta por Volveré a ti (2014) *Bombón* (2007), *Primer amor* (2007), *Amigos del alma* (2008) y Simplemente perfecto (2014) que quedó segunda finalista de los Premios RNR (Rincón de la Novela Romántica) 2014.

Patricia Sutherland nació en Buenos Aires, Argentina, pero está radicada en España desde 1982.

Página oficial:
Jera Romance
www.jeraromance.com